間諜教室

「我樂多」安妮特

09

Kadokawa Fantastic Novels

code name
草原
code name
百鬼

少女潛伏中……？

code name
愛娘
code name
花園

間諜教室

SPY ROOM

「我樂多」安妮特

09

竹町

illustration

トマリ

Kadokawa Fantastic Novels

彩頁、內文插畫／トマリ
槍械設定協助／アサウラ

SPY ROOM
the room is a specialized institution of mission impossible
last code garakuta

CONTENTS

CHARACTER PROFILE

愛娘
Grete

某大政治家的千金。
個性嫻靜的少女。

花園
Lily

偏鄉出身、
不知世事的少女。

燎火
Klaus

「燈火」的創立者，
也是「世界最強」的
間諜。

夢語
Thea

大型報社社長的
獨生女。
嬌媚的少女。

冰刃
Monika

藝術家之女。
高傲的少女。

百鬼
Sibylla

出生於幫派家庭的
長女。
性格凜然的少女。

愚人
Erna

前貴族。頻繁遭遇
事故的不幸少女。

忘我
Annett

出身不明。
喪失記憶。
純真的少女。

草原
Sara

小鎮餐廳的女兒。
個性軟弱。

Team Otori

凱風
Queneau

鼓翼
Culu

飛禽
Vindo

羽琴
Pharma

翔破
Vics

浮雲
Lan

Team Homura

紅爐
Veronika

炮烙
Gerute

煤煙
Lucas

灼骨
Wille

煽惑
Heidi

炬光
Ghid

Team Hebi from 加爾迦多帝國

翠蝶

白蜘蛛

蒼蠅

銀蟬

紫蟻

藍蝗

黑螳螂

「CIM」from 芬德聯邦

「Hide」—CIM最高機關—

咒師 **Nathan**

魔術師 **Mirena**

及其他三人

「Berias」—最高機關直屬特務防諜部隊—

操偶師
Amelie

及蓮華人偶、自毀人偶等

「Vanajin」—CIM最大防諜部隊—

盔甲師 **Meredith**

鑄刀師 **Mine**

Other

影法師 **Luke**

偵察師 **Sylvette**

小丑 **Heine**

旋律師 **Khaki**

序章　第十三天（前篇）

the room is a specialized institution of mission impossible
last code garakuta

「馬紐斯島是位於萊拉特王國西北方的一座離島。

從首都琵爾卡搭乘電車三小時，或是從雷吉亞奴機場搭乘巴士前往庫艾港，再從那裡坐一小時的渡輪即可抵達。

這座島的歷史，相當於加爾迦多帝國、芬德聯邦、萊拉特王國這些大國的勢力消長變遷史。每當戰爭爆發，位於三國中間的這座島便會在芬德、萊拉特、加爾迦多這三國之間被轉讓，而島上居民只能一再受人擺布。

大戰之前為加爾迦多帝國所有，後來在世界大戰時，被萊拉特王國的古拉尼耶中將占領。現在則在和平條約之下，成為萊拉特王國的領土。

主要觀光景點是被稱為『天使跳舞的沙灘』的『坎斐瑟海灘』，以及因為有許多錯綜複雜的洞穴，而傳說有海盜以此作為藏身處的『凱隆努洞窟群』。

另外，這雖然是一座居民人口不到兩千的小島，但由於前述的歷史背景，島上有萊拉特王國的海軍基地，海軍基地周邊也有為軍人興建的設施、販賣著名海產等美食的餐飲店，甚至還有連

萊拉特王國首都也要相形失色的高級夜總會。無論玩上幾天都不會膩。（詳情將於下一頁介紹）

讓心靈接受大自然的洗滌也好，在城裡大肆遊玩也不錯。

只要造訪此地，一定能夠享受到最徹底的放鬆。來，展開你的假期吧！」

以上擷取自觀光指南《旅行狂才懂的世界魅力 萊拉特王國篇》。

◇◇◇

一面望著緩緩西沉的夕陽，克勞斯坐在沙灘椅上啜飲冰紅茶。眼前是一整片在觀光指南中被稱為「天使跳舞的沙灘」的坎斐瑟海灘，無敵海景實在美得超乎想像。他一直望著白天時藍到近乎透明的大海，逐漸隨著天色變化成黑紫色。

沒一會兒，一名將頭髮染成桃紅色和黃色的女性在他身旁坐下。女子畫了濃濃的眼妝，模樣相當奇特。年齡不明，只不過從外表如此奇特，卻有辦法潛入所有國家的熟練技術來看，可見她的經驗相當豐富。

「妳真的不管我在哪裡都會來找我耶，『海鳴』。」

「因為這是工作啊～」

聽了克勞斯的低語，女子用似乎是酒喝太多造成的沙啞酒嗓回答。

她是迪恩共和國的信使，工作內容是直接將情報傳遞給離開本國的間諜。平常都是潛伏在城市中進行對話，但因為這裡是沒有其他人的私人海灘，於是她大大方方地出現在克勞斯身邊。

「海鳴」接著說：

「『蓋兒黛的遺產』解讀完畢了。聽說因為淋到雨的關係，有很多字都糊掉了，只能辨識出其中一部分。內容大概就是你讀過的那些。」

「蓋兒黛的遺產」——那是「燈火」在芬德聯邦找到的機密文件。是迪恩共和國的傳奇間諜團隊「火焰」的成員之一，「炮烙」蓋兒黛生前收集到的情報。

遺憾的是，當克勞斯等人找到時，文件已經被滲入地下室的雨水弄髒，大部分都因為墨水暈開而無法解讀。雖然他馬上就將文件交給本國的解讀、修繕團隊，請他們盡可能解讀內容，不過看來似乎相當困難。

然而即使只能辨識一部分，內容依舊很有價值。

「——『曉闇計畫（Nostalgia Project）』是由萊拉特王國所提出。」

「海鳴」這麼說。

那是「蓋兒黛的遺產」中記載的內容之一。

——世界恐慌。足以這麼命名的金融危機遲早會發生。

——大戰後經過反省，原本提倡國際主義的各國恐將徹底改變方針。

——各國的權力人士已察知時代的潮流，開始進行某項計畫。

——第二次世界大戰即將爆發。

——「曉闇計畫」便是為此而準備。

這些內容儘管像是聽來有些毛骨悚然的預言，卻讓人無法一笑置之。「火焰」恐怕正是因為這項計畫而毀滅，帶給各國諜報機關重大打擊的「蛇」也是因此而創立。就連遭到暗殺的世界第二大國芬德聯邦的皇太子，也被認為與此事有關。

另外，「蓋兒黛的遺產」中還記錄了其他情報。

——疑似參與計畫的是穆札亞合眾國、芬德聯邦、萊拉特王國這三國。領袖、國王、軍方總司令階級的權力人士。

——據推測，提議的人是萊拉特王國的首相。

萊拉特王國與迪恩共和國相鄰，在歷史上也是有著密切交流的大國。該國在之前的世界大戰中聯合芬德聯邦打倒加爾迦多帝國，如今在世界各地都擁有殖民地。

克勞斯點頭。

「萊拉特啊……我也經常去那邊露臉，卻從來沒聽說過那回事。」

「是啊，然後這是報告書～」

「海鳴」遞出一張紙。

「『ＪＪＪ』終於從那傢伙口中逼問出情報了。『紫蟻』——那傢伙的真實身分好像是萊拉特王國的間諜～代號是『迪默司』。」

「……這樣啊，原來那傢伙以前也隸屬於其他組織。」

紫蟻是從前克勞斯親自擊敗的間諜。

這個凶殘的男人潛伏在穆札亞合眾國的首都米塔里歐，在長期舉行的國際會議上接連殺害間諜。他擁有藉由拷問將一般民眾變成刺客的技能，控制彷彿無止盡湧現的刺客，殺死許多間諜。

「我一直對於托爾法經濟會議上的那場殲滅感到好奇。當時，萊拉特王國的間諜似乎很少人遇害……」

「他們可能早就察覺到米塔里歐將化為死亡之城吧。」

事情或許正如「海鳴」所言。

迪恩共和國的「紅爐」、芬德聯邦的團隊「雷提亞斯」全員死亡。別馬爾王國和穆札亞合眾國的知名間諜聽說也遭到殺害，但唯獨萊拉特王國沒有傳出什麼遇害消息。

「海鳴」繼續報告。

「不過，『蛇』不可能會放過那個大國。他們好像已經另外把其他間諜送過去了。」

「……其他間諜？」

「我國在萊拉特臥底的間諜傳來報告～說一名擁有三條右臂的壯漢，為萊拉特王國的諜報機關帶來重大打擊～」

只有一人符合如此清楚不過的特徵。

——「黑螳螂」。

他是「蛇」的一員，不僅毀滅了迪恩共和國的間諜團隊「鳳」，還殺死許多芬德聯邦的諜報機關CIM的間諜。據說他那經過改造的手臂，能夠釋放出足以彈開子彈的衝擊波。其破壞力之大，可以在正面交戰時殺死任何對手。

「現在重新想想——」克勞斯嘆息道。「『蛇』那群人實在有夠棘手。他們每個人都擁有足以威脅各國諜報機關的能力。」

「就是說啊～真不曉得那個『黑螳螂』現在人在哪裡。」

「但是他失敗了對吧？」

「嗯？」

「不管那個『黑螳螂』再怎麼強，正面挑釁萊拉特王國諜報機關的行為也太不正常了。他應該在某個階段就戰敗逃走了吧？」

「嗯～真不愧是燎火，你很懂耶～」

「那當然。因為萊拉特王國有那個女人在。」

雖然不曾當面見過，其名聲卻如雷貫耳般響亮。基本上在重視隱密行動的間諜業界，聲名遠播算是一種不名譽、非常離譜的事情。就連「燎火」克勞斯的長相和名字，也是近幾年才廣為人知。

若單論知名度，那人是被譽為「世界最頂尖間諜」，與「紅爐」齊名的存在。

「——代號『妮姬』。君臨萊拉特王國的最強防諜專家。」

武器是長度超過身高的巨大槌子。

光是聽到這一點，只會讓人覺得是在開玩笑。可是，她卻能夠自由操控那把槌子，彈開子彈、擊破敵人的頭頂，將金庫一一粉碎。據說她幾乎只憑自己一人，就打倒了數十個反政府組織。

雖然不清楚「黑螳螂」的戰鬥能力如何，但如果對上「妮姬」，形勢對他應該相當不利。

儘管不想承認，克勞斯還是不得不說。

「擁有和『炬光』基德——我師父並駕齊驅的戰鬥技術，又具備和『紅爐』費洛妮卡——我家老大不相上下的洞察力。那女人是也曾活躍於世界大戰的怪物。」

海鳴靜靜地點頭。

「『戰無不勝的謀略之神』——如今人們則是這麼稱呼她。」

謀略之神啊，克勞斯嘟噥。

接著他自然而然地回想起，C在這次假期開始之前對他下達的命令。

◇◇◇

——迪恩共和國諜報機關「對外情報室」本部。

結束芬德聯邦的任務回國後，克勞斯被室長C叫了過去。他所提交的「蓋兒黛的遺產」帶來巨大衝擊，聽說高層會同共和國的領袖們為此日以繼夜地展開議論，花了整整一週的時間才做出判斷。

克勞斯一來到室長室，頭髮斑白、雙眼如猛禽般銳利的男人C，便以前所未見的凌厲眼神直盯著克勞斯。

若是平常，他總會招待克勞斯難喝的咖啡，但幸好他今天似乎沒有那種閒情逸致。

「我以前從沒聽說過什麼『曉闇計畫』。我也把資料直接拿給首相、外務大臣和海軍上將看了，結果每個人都錯愕不已。」

Ｃ開口這麼說。

「火焰」的老大——「紅爐」費洛妮卡不可能不知情，可是她似乎也對高層隱瞞了這則情報。據Ｃ所言，她是個經常憑自己的判斷行事的間諜，所以說起來這也很像是她的作風。

Ｃ大大地嘆口氣。

「我雖然很不願意相信，但這是『炮烙』蓋兒黛留下的情報，想必不會有錯。真沒想到穆札亞合眾國、芬德聯邦、萊拉特王國這列強三國，居然早已為了下一次世界大戰展開共同計畫。」

「可是這一點並不教人意外。畢竟沒有國家不會預設最糟糕的情況。」

「是啊，我國當然也是如此。雖然持續縮減軍備，但依然保有足以應付緊急狀況的戰力。」

「……而且陸軍那群笨蛋還曾經開發過生化武器。」

生化武器——「地獄人偶」。

那是一起令克勞斯難忘的事件。從前那樣武器遭加爾迦多帝國奪走，而「火焰」就在當時成員們分頭行動、打算取回武器的過程中毀滅。

世界大戰雖然為各國留下了傷痕，卻還是有人繼續在為下一場戰爭做準備。

現在想想，「地獄人偶」一事確實讓人再次體認到那個常識。

「看來我們完全被利用了。」

克勞斯瞪著貼在牆上的世界地圖。

「列強三國分明是要我們去監視加爾迦多帝國，好方便自己暗中推動計畫。」

一直以來，列強三國都要優秀間諜輩出，又與加爾迦多帝國相鄰的迪恩共和國以「間諜強國」之姿去警戒帝國。不過，各國也承諾會提供經濟支援以換取情報。

「其他國家的諜報機關知道這項計畫嗎？」

面對C的提問，克勞斯老實地回答「不知道」。

「至少那位CIM的女幹部並不知情。既然我們直到現在才得知此事，推動這項計畫的可能真的只有極少數人吧。」

克勞斯回憶起「操偶師」，那位名叫亞梅莉的女間諜。她在CIM內的地位應該相當高，卻對「曉闇計畫」和「蛇」一無所知。只不過她最終還是得知一切，並且做出向「蛇」倒戈的判斷。

「──不能就這麼坐著枯等。」

C以強而有力的語氣宣示。

「世界即將發生巨大變革，我們迪恩共和國不能落後他人。『燎火』──我命令你去查明『曉闇計畫』的全貌。」

這也是克勞斯所期望的。

還差一點就能查出「火焰」毀滅的真相。為了守護「火焰」深愛的祖國，克勞斯不能退縮。

「只不過，若要確實掌握全貌——」

「——不。」C打斷克勞斯的話。「不要和『妮姬』起衝突。」

克勞斯用眼神對C表示抗議。

如果要掌握「曉闇計畫」的全貌，探查作為源頭的萊拉特王國是最好的捷徑。因為蓋兒黛推測「計畫是由萊拉特王國的首相發起」。

即使阻撓調查的人是「妮姬」也無妨。

「我不會輸的。我相信自己是『世界最強的間諜』。」

「就是因為這樣才不行。迪恩共和國不能冒失去最強王牌的風險。」

「…………」

「對不久後將被捲入動盪之中的迪恩共和國來說，你是不可或缺的人物。要是你隨便和『妮姬』起衝突結果喪命，屆時國家將會陷入危機。」

儘管感到憤慨，克勞斯仍不得不承認C的理性發言才是正確的。

——沒有確切證據可以證明，「燎火」克勞斯贏得了「妮姬」。

既然不曾和「妮姬」直接交手，就一定會有不確定因素，無法斷言結果會是如何。

「關於這件任務，我要再加上一個條件。」

像是要追擊沉默的克勞斯一樣，C接著說。

「不過這個條件在你看來，恐怕相當惱人吧。」

◇◇◇

回想起和C之間的對話，克勞斯再次凝望眼前的大海。

雖然從這裡無法直接見到，不過萊拉特王國的首都應該就在海的另一頭。那是一個街景洋溢藝術氣息，美麗而高貴的國家。

——「燈火」下次出任務的地點。

——假使克勞斯接受C提出的條件的話。

猶豫的心情沒有消失。世界正伴隨著洶湧波濤，即將發生改變，而掌握住變化的動向是間諜的使命。儘管理解這一點，克勞斯仍不禁感到躊躇。

「戰無不勝的謀略之神」——「燈火」要如何才能對抗那樣的對手呢？

「你很猶豫對吧～燎火？」

「海鳴」從喉嚨深處發出像在笑一樣的聲音。

「前輩我啊，最喜歡苦惱的俊美青年了～」

「我一點都不想知道這種情報。」

「其實前輩我是你的粉絲喔。所以我才會不遠千里地來這裡呀～」

望向一旁，只見「海鳴」從沙灘椅上站起來，動作親暱地撫摸克勞斯的肩膀，然後用手臂環繞他的脖子。她的吐息中帶著一股酒臭味。

「被解讀出來的『蓋兒黛的遺產』中，有一部分是在抱怨那對雙胞胎。」

「雙胞胎？」

「是啊，就是那兩個古怪的傢伙。雖然不知道目的是什麼，不過『火焰』毀滅前不久，他們好像是在萊拉特王國活動。」

「海鳴」用愉快的口吻說明詳情。

克勞斯錯愕不已。文件中敘述的雙胞胎是誰不言自明。

——「煤煙」盧卡斯。千戰不敗的遊戲師。

——「灼骨」維勒。能夠預測未來的天才占卜師。

他們兩人從世界大戰時就是「火焰」的成員，形同是克勞斯的大哥。

「他們兩人之前潛伏在萊拉特王國裡……？」

令人意外的事實。

「火焰」毀滅時，克勞斯正在遠離「火焰」的國家執行任務，完全不知道他們的動向。原來他們兩人是在萊拉特王國。

見克勞斯倒吸一口氣，「海鳴」一副很期待他做出那種反應地笑了。

「穆札亞合眾國的景氣正好，正處於大企業接連向銀行貸款，從世界各地購買資材和原料的狀態。然而他們在不久的將來就會破產，那些依賴合眾國的國家恐怕也將受到牽連。屆時將會掀起全球性的經濟恐慌。」

「海鳴」用前所未有的認真眼神說道。

「期限就快到了。我以信使身分拜託你，千萬不要留下任何悔恨喔～」

這麼說完，「海鳴」便轉身離去。

◇◇◇

「燈火」全員來到了這座馬紐斯島。

要在這座離島上享受長達兩星期的假期。

他們所有人在芬德聯邦的任務中死裡逃生，身心皆承受了極大的負擔。再加上克勞斯自己的雙腿傷勢也尚未完全康復，因此「燈火」需要有一段時間暫時遠離間諜的職務，好好休養生息。

目的地是由克勞斯親自指定。

對克勞斯而言，這次的假期別具意義。

他要利用這段閒暇時光，仔細思考並做出選擇，然後將自己的決定告訴「燈火」的部下。在離島休養生息的這段時間，他一直都在暗自苦思。

——然後一轉眼就到了第十三天，假期最終日的前一晚。

當太陽完全西沉之時，「燈火」的少女們集合到了海邊。

她們似乎各自度過了充實的假期，只見她們之中有許多人都面露開心的笑容。儘管也有人累到無力地垂下肩膀，然而看來也度過了一段充實緊湊的時光。

下午六點的集合時間一到，就見到百合急急忙忙地跑過來。她原本一臉疲倦，但是一見到同伴，表情立刻就亮了起來。

「喔～好久沒有全員集合了耶！」

她帶著滿面笑容，興奮地轉個不停。其他少女們也開心地迎接百合，拍拍她的肩膀和手臂。

「大家一起盡情享受離島生活的最後一晚吧！」

「「「「喔喔喔喔喔喔喔喔喔！」」」」

百合抵達之後，氣氛一下子就變得熱鬧起來。

她們已經預定好接下來要一起烤肉。

克勞斯定睛望著那樣的少女們。在她們開始大肆玩鬧之前，他有件事情非說不可。即使那是一個十分痛苦的決定。

——「燈火」的將來。以及這次假期的真正目的。

正當克勞斯準備開口告知時，忽然有件事情令他在意。

「————嗯？安妮特在哪裡？」

「「「「「「「咦……？」」」」」」」

七人份的疑問聲響起。

無論怎麼環顧，海灘上就只有克勞斯和七名少女，不見那名臉上總是帶著淺笑的灰桃髮少女——「忘我」安妮特。

集合時間已經過了。

「嗯嗯？」百合歪著腦袋。「她是不是忘了要在哪裡集合啊？」

「不，安妮特不可能會忘記這種事。」

因為安妮特的記憶力超群，不會忘記見過、聽過的事情。

之後，克勞斯等人在海灘周邊搜索，卻沒有發現她的人影。即使大聲呼喊、用甜點引誘她，還是找不到她的人。

——安妮特也不在她入住的民宿裡。

——即使超過集合時間一小時，她還是沒有出現。

——就算詢問島民，也問不出任何自昨晚開始的目擊情報。

總結來說，結論只有一個。

「「「「「「安妮特消失了啊啊啊啊啊啊啊啊啊啊啊！」」」」」」

「忘我」安妮特下落不明。

「那個該死的問題兒童…………」

克勞斯用手按住額頭。

他本來打算接下來要講很重要的事情，可是現在氣氛完全被破壞掉了。當前必須先把安妮特找出來才行。

可是，要在這座面積廣大的島上展開地毯式搜索，效率實在太差了。

克勞斯等人一度返回海灘，圍坐在桌旁。

「沒辦法，只能先收集情報了。妳們所有人依序說出安妮特在這次假期中，經常出現在哪裡。」

「情、情況變得好奇怪喔……」百合苦笑。

「就是啊。」克勞斯打從心底表示同意。

這是「燈火」充滿戀愛、危險與冒險的假期故事。

內容描述消失的安妮特的下落，以及「燈火」的未來走向。

1章 島民篇

the room is a specialized institution of mission impossible
last code garakuta

——假期第一天。

見到出現在眼前的景色，「燈火」的少女們放聲吶喊。

「「「「「「是海耶耶耶耶耶耶耶耶耶耶耶耶耶耶耶！」」」」」」

這裡是位於馬紐斯島西海岸的坎斐瑟海灘。

猶如新雪般白皙柔軟的沙灘綿延，海藍色的美麗大海在另一頭反射陽光，散發出粼粼波光。

沙灘上矗立著大大的陽傘，底下則擺了木製沙灘椅。椅子旁的木桶裡，裝著堆積如山用冰水冰鎮過的瓶裝果汁。

「燈火」在第一天包下了這片海灘的一部分。

少女們脫掉上衣露出底下的泳衣，歡呼著衝了出去。

率先進到海裡的是「花園」百合。這名以可愛臉龐和豐滿胸部為特徵的銀髮少女，穿著花朵圖案的白色比基尼泳衣與海浪正面衝撞。

「唔喔喔喔喔！大家快跟著我下水啊啊啊啊！」

「本小姐！是第一次到海邊玩水！」

「安、安妮特前輩，妳的傷還沒痊癒，千萬不可以勉強啊！」

安妮特和莎拉也跟著下水。

「忘我」安妮特——以大眼罩和雜亂紮起的雙馬尾為特徵的灰桃髮少女。她穿著貼身的黑色連身泳衣，把臉浸到海水裡。

「草原」莎拉——擁有小動物般圓滾滾的雙眼，以及褐色自然捲頭髮的少女。她摘掉平時總是戴著的報童帽，穿上綴有滾邊的泳衣。老鷹和小狗一副興奮地跟在她身後。

百合和莎拉一邊高興地叫喊，一邊互相潑水。水溫恰到好處。在火辣的陽光照射下，海水感覺溫溫的。

隨後，安妮特「唔喔！」的呼聲傳來。

「本小姐！不會游泳！」

「「什麼！」」

「傷勢讓人無法隨意行動……！真是太大意了！」

眼見安妮特說完立刻就緩緩下沉，百合急忙將她拉上來，莎拉則在一旁規勸：「旅行途中也要靜養啦！」

在開始在海裡玩耍的少女們後方，緹雅露出傻眼的笑容。

「夢語」緹雅——這名成熟少女擁有凹凸有致的迷人身段，以及一頭嬌媚的黑色長髮。她一邊調整布料很少的清涼露肩比基尼的綁繩，一邊點頭說道：

「真是的，她們幾個也太嗨了。要是不先塗防曬乳，肌膚可是會曬傷的。」

她從防水包包中取出罐子，面露微笑。

「——色色的時間到了。」

「妳在打什麼壞主意？」

這麼質問的人是「百鬼」席薇亞——這名少女的特徵是有著刀子般銳利的懾人目光和緊實身軀。她身上穿著背心式比基尼，露出浮現肌肉的腹部。

緹雅握著罐子，讓視線左右游移。

「克勞斯老師在哪裡？他拋下等待這一刻許久的我，到哪裡去了？」

「妳躺下，我來幫妳塗。」

席薇亞不容分說地踹了緹雅的屁股一腳，讓她當場躺下。就在她把那罐防曬乳拿過來，正準備倒在自己手上時——

「……啊！我勸妳最好不要亂碰喔。因為那裡面摻了春藥。」

「妳為什麼要在自己身上塗那種東西？」

席薇亞直接把罐子裡的防曬乳擠在緹雅背上。

在距離沙灘不遠的岩石區，早早就從海裡上岸的莫妮卡正在釣魚。

從「冰刃」改名為「灰燼」的莫妮卡——除了藍銀色的不對稱髮型外，這名體型中等的少女沒有其他特徵。她在泳衣外套上連帽外套，用兜帽覆蓋住臉龐。

「偶爾像這樣悠哉地度過感覺真不錯。」

「愛爾娜要釣大魚呢。」

在莫妮卡身旁發下豪語的是「愚人」愛爾娜——肌膚白皙，如洋娃娃般精巧美麗的嬌小金髮少女。她穿著可愛的傘狀印花泳衣，以一副馬上又要下海玩水的打扮握著釣竿。

愛爾娜反覆讓釣竿上上下下，忽然間，她感覺好像勾到什麼東西了，於是趕緊將釣竿拉起。

「上鉤了呢！」

釣魚線末端勾住的是一隻長靴。

「…………不幸。」

「這麼老套的事情也被妳遇上？」

見到莫妮卡嘻嘻發笑，愛爾娜不滿地鼓起臉頰，再次垂下釣魚線。

「又上鉤了呢！」

拉起釣魚線後，末端勾住又是一只長靴。

而且還和第一次釣到的長靴是同款同尺寸。

「也太厲害了吧？」莫妮卡瞠目結舌。

「這、這樣算幸運嗎？沒想到居然會釣到成對的長靴呢……！」

雖然泡過海水，長靴卻完好到近乎全新。愛爾娜突發奇想試穿了一下，可惜尺寸不合。

於是她脫下來，將左右成對的長靴一併遞給莫妮卡。

「莫妮卡姊姊，送妳呢。」

「………………………謝謝。」

莫妮卡只好一臉困惑地收下。

【莫妮卡獲得了長靴！】

——一名紅髮少女靜靜地望著在海邊嬉鬧的成員們。

「愛娘」葛蕾特。四肢纖細，渾身散發玻璃工藝品般縹渺的氣息。她走到陽傘底下，對坐在沙灘椅上的男性說道。

「……老大，你不游泳嗎？」

「畢竟我右腿的傷尚未痊癒，還是再看看情況吧。」

那人是克勞斯。他難得不是穿西裝，而是五分褲配上一件襯衫的涼爽打扮。從襯衫領口露出的鎖骨線條莫名性感。

他伸長腿坐在沙灘椅上，喝著事先準備好的冰紅茶。表情前所未有地放鬆，臉上甚至帶著淺淺的笑意。

「我要睡一會兒。我已經有好幾年沒有這麼悠閒地放假了。」

身為迪恩共和國最強的間諜，想必有許多事情需要操心吧。聽說他在「火焰」毀滅之前就一直很忙，之後恐怕更是沒有什麼機會好好休息一整天。

克勞斯靜靜地閉上眼睛，準備入睡。

「……………」

葛蕾特懷著複雜的心情注視著心上人。

她也希望克勞斯能趕快休息，但是至少——

「葛蕾特。」

克勞斯忽然睜眼。

「那套泳衣非常適合妳喔。機會難得，妳何不下水游泳呢？」

「——！」

聽見對方說出自己想聽的話，葛蕾特不禁渾身一顫。

葛蕾特穿了一套如太陽般明亮的橘色泳衣。是用沙灘裙裝飾腰部，並以高領設計遮掩胸前的低調款式。因為想讓克勞斯看看自己穿泳裝的樣子，她特地趕在假期開始前咬牙買下。

克勞斯再次閉上眼睛，開始發出細微的鼻息聲。

（…………老大。）

一直等待對方稱讚的自己，說不定會被認為是麻煩的女人。儘管葛蕾特也曾這麼擔心，然而此刻心中湧現更多的是暖意。

「～～～～♪」

她甚至差點忍不住哼起歌來。

（果然沒錯！老大和我說不定是兩情相悅……！）

沒錯，其實她心裡比「燈火」的任何人都還要雀躍。

因為莫妮卡告訴過她的話，近來開始產生了影響。

『克勞斯先生最愛的成員是妳啊，葛蕾特。』

在芬德聯邦執行任務的過程中，一度背叛「燈火」的莫妮卡綁架了最能夠令克勞斯心生動搖的葛蕾特。而葛蕾特會被選上，是基於一個非常幸福的理由。

（……雖然我也明白那不過只是推測，）

葛蕾特望著安穩入睡的克勞斯。

（可是既然莫妮卡小姐說得如此篤定——！）

她的腦袋非常清楚不可以有所期待。

葛蕾特曾經遭克勞斯以「我不打算談戀愛」為由拒絕。若是繼續對那樣的人示愛，就算被對方討厭也不奇怪。

但是，葛蕾特依舊壓抑不了雀躍的心情。

「～～～～♪」

火熱的太陽和蔚藍的大海，融化了她的理智。

（緹雅大師告訴過我，這樣的熱度會拉近男女之間的距離！白天一起在海灘上嬉戲，不久後望著夕陽逐漸沉入海平面，內心升起的依依不捨感會讓人不由得握住隔壁那人的手，然後晚上就……！隔天早上，兩人會裹著被單，一邊「昨天真開心」地相視而笑。這就是所謂的假期！）

就這樣，葛蕾特不停作著令人暈頭轉向的危險妄想——

「嗯？本小姐隱約感覺到視線！」

然而忽然間，她聽見安妮特這麼大聲嚷嚷。

其他少女們也「嗯？」地做出反應，望向安妮特邊說「是那傢伙！」邊指著的方向。

有一名看起來相當可疑的男性站在那裡。男人穿著白襯衫、戴著墨鏡，站在靠近包場區域的位置，一臉猥瑣地扭曲嘴角。

「那個男人讓人很在意！」安妮特神情不悅地鼓起臉頰。

「呵呵，這也是沒辦法的事。」全身塗滿防曬乳的緹雅聳了聳肩。「畢竟海灘上有這麼多美少女，他大概誤以為我們是水精靈吧。」

「……感覺的確不太舒服。我去把他趕走好了。」

克勞斯睜開眼睛，精神抖擻地站起身。

他中斷打盹，立刻朝可疑男子的方向走去。男人見到克勞斯朝自己走來，臉上露出著急的表情，隨即使轉身離去。

看來他果真是為了一睹少女們的泳裝打扮而來的怪人。

「真是的，枉費這是全員可以共度的寶貴第一天，卻有怪人來搗亂。」

聽見克勞斯嘆也似的這麼說，葛蕾特感到心緒不寧。

（……對了，我不能只顧著高興而已。）

她俯視再次躺在沙灘椅上的克勞斯。

（──因為老大心中藏著很大的煩惱。）

葛蕾特望著他的睡臉，在胸前握緊了手。

──好想在這次假期中，更加貼近克勞斯的心。

她不單單只是墜入愛河的少女，她更由衷希望能夠以間諜身分成為支撐他的力量。

這次的假期除了休養外，克勞斯很顯然還隱藏著其他意圖。

◇◇◇

假期第一天的早上，在前往馬紐斯島的渡輪上，克勞斯將所有成員集合到房間裡。因為要去島上玩而興奮不已的「燈火」少女們一臉狐疑地面面相覷，來到他的房間。

他以異常嚴肅的表情開口：

「雖然從今天開始就要在離島度假了，不過我想設立一條規則。」

「「「嗯……？」」」

「——大家只能在第一天、第十三天、第十四天全員集合。」

少女們會感到一頭霧水也很正常。

儘管她們並沒有為了離島生活做出具體的計畫，但是這樣的限制還是讓人覺得莫名其妙。由於第十四天是回國的日子，因此成員可以集合的時間實際上就只有兩天。

百合開口代替所有人表達心中的疑惑。

「這、這個嘛，雖然我也覺得不需要一直全員一起行動……不過，為什麼要特地訂出這條規定？」

「關於這一點——」克勞斯喃喃地說。「我打算在第十三天的晚上再告訴妳們。」

「…………？」

葛蕾特察覺到混雜在他說話聲中的一絲陰鬱。他彷彿像要躲避追問一般，將視線從少女們身上移開。那幅景象令人難以忘懷。

◇◇◇

假期第一天，一轉眼就來到了晚上。

「燈火」的少女們拖著疲憊的身軀，彎腰駝背地走在從海灘前往民宿的路上。多數少女都累到整個人搖搖晃晃，感覺隨時都會癱倒在地。

其中走路模樣格外無精打采的人是百合。

「真、真的好累啊……」

「……因為百合小姐妳今天游了一整天啊。」

葛蕾特幫忙百合揹她的包包。

結果這一天，「燈火」的少女們毫不間斷地從白天一直玩到太陽下山。她們嘗試比賽游泳、沙灘奪旗、衝浪等項目，一下子就玩到天黑。

看來芬德聯邦的任務果然帶給她們很大的壓力，讓她們忍不住像脫韁野馬一般大肆發洩。

百合原本猶如失了魂似的蹣跚而行——

「但是！」

——可是見到目的地的民宿出現在前方後，她立刻就挺直背脊。

「夜晚現在才正要開始！大家一起大啖美食吧啊啊啊啊！」

「……妳這十四天都要維持這種狀態？」

克勞斯拄著拐杖走在少女們前方，傻眼地這麼吐槽。他沒有隨少女們亢奮的情緒起舞，表情依舊冷靜。

百合踏著小跳步來到他身旁。

「不過老師，我們應該可以期待晚餐吧？」

她笑瞇瞇地說。

「畢竟這可是『火焰』的御用民宿的晚餐！那裡肯定是最頂級的民宿。唔～要是我抽籤時沒有輸就可以入住那裡了！」

度假期間，由於民宿可容納的人數有限，因此預計會拆成四人、五人分開住宿。入住從前「火焰」住過的民宿的，是克勞斯、葛蕾特、安妮特、愛爾娜、莎拉。百合、席薇亞、莫妮卡、緹雅則入住同等級的別間民宿。

「那裡只是普通的民宿，沒有到『火焰』御用那麼誇張。」

克勞斯傻眼地這麼解釋。

「我們只是六年前出任務時住過那裡而已。」

走著走著，眼前出現一棟有露臺的獨棟建築。一如克勞斯所言，屋子的大小只比一般民宅稍大一些。聽說這裡的二樓是出租給旅客，一樓則是員工一家人的居住空間。

民宿前方，已經有一位身穿圍裙的少女在那裡等候。一身黝黑的小麥膚色，與金絲雀色的狼尾頭形成強烈對比。那副健美的身段，一看就知道時常在大自然環境中奔跑遊玩。

「嗯。」

克勞斯剛做出反應，少女似乎也注意到這邊，立刻就帶著開朗的表情跑過來。

「克勞斯大人！好久不見哩！」

「是拉芙塔妮亞啊。妳長大了呢。」

克勞斯似乎認識她。

被喚作拉芙塔妮亞的少女紅了臉頰，好像對於久別重逢感到很開心。

「嗯。不過，克勞斯大人也一樣長大了哩。」

「說得也是。妳應該已經十六歲了吧？」

「原來你還記得，小女子好高興喔！呵呵，看來我們彼此都變了呢。克勞斯大人以前的口氣明明要更冷淡一些，現在卻像個紳士一樣。六年的歲月真是漫長哩～」

大概是島上特有的腔調吧，她操著一口和萊拉特王國的語言不同的語調。

這時，名叫拉芙塔妮亞的少女訝異地看著克勞斯身後的「燈火」少女們。

「……嗯？克勞斯大人，你後面的這幾位是？」

「她們是我的學生。我現在是宗教學校的講師。」

「喔喔，那位克勞斯大人居然變得這麼了不起！小女子是在這間民宿工作的拉芙塔妮亞，請多指教！」

因為拉芙塔妮亞彬彬有禮地向「燈火」少女們低頭致意，於是她們也點頭回應「請多指教」。

她給人的第一印象是活潑開朗的離島少女。

——但此刻的她們還不曉得，這位島民將會為「燈火」的假期帶來巨大影響。

拉芙塔妮亞的民宿為他們準備了海鮮燒烤。

大量使用在島上捕撈到的新鮮漁獲。

在可以望見大海的露臺上，合眾國式的烤台上方擁擠地排滿了貝類、蝦子、鮮魚等食材。拉芙塔妮亞和民宿老闆也就是她的父親，一起動作迅速地完成準備。

在烤好的海鮮上撒滿用大蒜、紅椒粉等調配的特製香料，少女們豪邁地大快朵頤。每吃一口，她們便發出「好吃！」的歡呼聲。

百合和席薇亞很快就開始互相搶奪食物，莎拉正在安慰衣服不小心沾到醬汁的愛爾娜。緹雅溫柔地規勸不想吃蔬菜的安妮特，克勞斯則制止想要偷喝葡萄酒的莫妮卡。

「哎呀～真是太滿足啦。」

在現場氣氛進入高潮時，百合大大嘆了一口氣。

「度假真棒啊，感覺簡直就像來到了天堂。」

「真高興見到妳這麼喜歡這座島。」

為避免烤台上的食材燒焦，拉芙塔妮亞熟練地用夾子將食材移到盤子上。

「不過妳才來一天就覺得滿足可就讓人傷腦筋哩，因為這座島上還有其他迷人的地方哩。」

「哦，這話讓人很好奇耶。老實說，我還沒決定明天開始要怎麼過呢。」

「嗯，知道了。那麼恕小女子冒昧，就讓小女子來說說島上的著名景點吧。」

難得可以從島民口中獲得情報，「燈火」的成員們全將視線集中在她身上。

拉芙塔妮亞一臉難為情地清清嗓子。

「首先最有名的是西邊的坎斐瑟海灘哩。你們白天時可能已經去過，那邊的海很漂亮吧？只要你們跟小女子說一聲，還能開船載你們出海釣魚哩。而且海灘附近也有商店，去那邊悠閒地逛逛也不錯。」

歡呼聲和掌聲沸騰。

愛爾娜高舉拳頭，大聲地說：「愛爾娜想要一雪釣魚的恥辱呢！」

「再來比較有名的是海軍基地周邊哩。」

拉芙塔妮亞繼續介紹。

「身為島民的我們雖然很厭惡，不過因為有巨大基地才讓那一帶繁榮起來也是事實。那裡有來自萊拉特王國本土的餐飲店、服飾店，十分熱鬧。只不過，你們千萬不可以太靠近基地哩。因為那些傢伙對女人很飢渴，要是被搭訕就麻煩了。」

雖然島民和海軍之間似乎有著複雜的情結，不過以觀光來說應該值得期待。

緹雅做出「哦，我有點好奇耶」的反應，莎拉也用疲倦的表情，「小妹今天在海邊玩得好累，明天想去那邊看看」這麼點頭附和。

「最後是位於南邊的洞窟群哩。」

拉芙塔妮亞提高音量。

「據說這座島在遠古時代是一座火山，南邊則因為熔岩還是什麼的關係，形成了非常複雜的地形，到處都是洞窟和溫泉。雖然有點危險，但是可以體驗冒險的滋味喔。不僅如此，那裡還有一則傳說。」

她揚起嘴角。

「——那就是大海盜傑卡爾的傳說。」

「「「大海盜傑卡爾？」」」

「他是兩百年前，在新大陸發現黃金城的大海盜。所有國家都想要他的財寶，結果卻都沒能如願，因為傑卡爾是個對企圖掠奪自己財寶的傢伙毫不留情的男人。他左手握著傳說中的彎刀『鐘月』、右手是鉤爪，每次殺死敵人，都會將敵人的眼睛挖下來餵他的寵物鸚鵡，簡直就是恐怖的象徵哩。光是見到他的大三角帽和染血斗篷，無論誰都會全身發抖，而且據說傑卡爾光是站在船頭，就會有強烈的光線從天而降。只不過，傑卡爾晚年時因為厭倦了殺敵，於是放棄手邊的大筆財寶，將其藏在有許多複雜洞穴的島上。」

停頓了好一會兒，拉芙塔妮亞這才接著說。

「——傳說這座島上的某處，藏著傑卡爾的財寶哩。」

立即做出反應的有三人。

百合舉手高呼：「決定了！我要去找海盜的祕寶！」；席薇亞雙眼發亮，握拳說道：「我也要去！一聽到寶藏，我整個人都興奮起來了！」；莫妮卡則故作冷靜地點點頭，說：「哦，挺有意思的嘛。感覺很浪漫耶。」

拉芙塔妮亞聳了聳肩膀。

「……那應該只是傳說啦，畢竟連一直在島上生活的小女子也沒見過。」

不管怎樣，少女們似乎已大致決定好各自要去哪裡了。

愛爾娜是海灘，莎拉和緹雅是海軍基地周邊，百合、席薇亞和莫妮卡是洞窟群。

尤其要去洞窟探險的三人，已經興奮地開始討論「我們趕快去買地圖吧」、「也得準備探險用的裝備才行」。

另一方面，愛爾娜則是神色不安地說：「安、安妮特。這樣下去，愛爾娜會孤單一人呢。妳可以陪我嗎？」，可是安妮特卻「不要，本小姐還在猶豫要做什麼！」地斷然拒絕。

葛蕾特稍微想了一下，做出決定。

「……我和愛爾娜小姐去海邊玩好了。」

「好、好開心呢……！葛蕾特姊姊……！」

原先不安的愛爾娜靠到葛蕾特身邊跟她撒嬌。

葛蕾特一邊撫摸她的頭，一邊望向克勞斯。比起可憐愛爾娜，她之所以選擇去海邊玩其實是有更大的理由。

「若是不嫌棄的話，克勞斯老師要不要也一起來？」

因為不能在拉芙塔妮亞面前叫他「老大」，於是便稱呼他「克勞斯老師」。

克勞斯乾脆地點頭答應。

「嗯，也好，我就跟妳們一起行動吧。」

葛蕾特在內心比出勝利姿勢。

兩腿受傷的他無法去洞窟探險，而且比起移動到離這裡有段距離的海軍基地，在海灘悠哉地休息也比較好。

（跟我料想的一樣……！這下我的完美計畫等同已經實現了！）

接著，她就開始幻想起和克勞斯之間的愛情羅曼史——

「嗯？等等、等等，那樣很令人傷腦筋耶。」

然而忽然間，一句話插了進來。

是拉芙塔妮亞。她一副詫異地歪著頭，望著克勞斯。

「妳們要去海灘玩是無所謂，但是請不要叫克勞斯大人作陪。因為小女子有一大堆事情必須請克勞斯大人做不可。」

不知為何，她否定了葛蕾特的計畫。

她的話讓人完全摸不著腦袋。

「嗯？那是什麼——」

「這還用問嗎？是婚禮啊。克勞斯大人當然也要幫忙準備了。」

「婚禮？那是誰和誰的婚禮……？」

「什麼嘛，克勞斯大人，原來你還沒好好地跟她們介紹啊？」

拉芙塔妮亞放下夾子，走到克勞斯坐的椅子旁，然後突然抓住他的右手摟向自己。

「——小女子是克勞斯大人的未婚妻哩。」

「…………………………………………」

拉芙塔妮亞親暱地抱著克勞斯的手臂，露出自信滿滿的笑容。

「燈火」的少女們同時停止交談，定睛看著那幅景象。

自意外事態中產生的事實。

「——什麼？」

感覺到自己額頭上冒出青筋，葛蕾特反口質問拉芙塔妮亞。

◇◇◇

——假期第二天。

暴風雨降臨小島。簡直像把葛蕾特內心的波濤洶湧表現出來一般，強風大雨侵襲了整座島。

聽說這座島上很少降下這麼大的豪雨，西邊的山上甚至發生土石流，使得部分島民不得不趕緊避難。

葛蕾特等人入住的民宿老闆一早就忙著支援避難者，拉芙塔妮亞好像也去幫忙了。

在那樣的暴風雨之中，葛蕾特朝正在餐館休息的克勞斯逼近。

「老大，請你解釋清楚……！那個『未婚妻』究竟是怎麼一回事？」

「妳冷靜點，其實我也不太明白。」

克勞斯放下手裡的咖啡杯說道。

這是只有一張四人座餐桌的小餐館。窗外可以見到昨天遊玩的海灘，然而現在海面在暴風雨的吹襲下掀起巨浪，變成令人毛骨悚然的深灰色。

克勞斯催促葛蕾特坐在自己正對面的位子上。

「我昨晚姑且向拉芙塔妮亞詢問過詳情了。看樣子，她好像一心打算跟我結婚，還說我們六年前就約定好了……」

「是、是這樣嗎……？」

「不，事實上根本沒有那回事。」

克勞斯搖搖手安撫葛蕾特，接著一副不可置信地嘆息。

昨晚「未婚妻拉芙塔妮亞」這個驚人的事實曝光之後，「燈火」的少女們再也無心烤肉，徹底陷入恐慌狀態。克勞斯先說服少女們「妳們先冷靜下來」，接著表明會向拉芙塔妮亞問清楚來龍去脈，之後就讓少女們先行解散。

然後隔天早上——也就是現在，葛蕾特、愛爾娜、莎拉聚集到克勞斯身邊。

順帶一提，其他少女們則是「哎呀，他可是克勞斯先生耶，這之中應該是有什麼誤會吧」、「畢竟以前也發生過已婚者的騷動啊」像這樣漠不關心。

「不、不過話說回來……」

愛爾娜戰戰兢兢地舉手發言。

「老師和拉芙塔妮亞小姐之間發生過什麼事嗎？」

「就是啊。你們六年前的交流有深入到可以許下婚約嗎？」莎拉也憂心忡忡地發問。

「我們沒有什麼深入的交流。我只是因為當時在這間民宿住了大約一個月，跟她的關係才多少變得比較親近。」

克勞斯左右搖頭。

接著，他娓娓道出當時的情況。

◆◆◆

六年前，他為了「火焰」的任務來到這座島上。

和他一起行動的是「煤煙」盧卡斯和「灼骨」維勒這兩個男人。他們三人來此的目的是搜查這座島上的海軍基地。晚上和海軍基地的軍人接觸，白天則為了欺瞞周遭的人，假扮成普通的觀光客。

當時，和克勞斯特別親近的是這間民宿的獨生女——拉芙塔妮亞。

她以為克勞斯只是普通的觀光客，於是主動帶他到島上各地參觀。當時拉芙塔妮亞十歲，克勞斯十五歲。由於年紀相仿，拉芙塔妮亞時常接近克勞斯，不管克勞斯去哪裡都跟著他。因為她很熟悉島上的著名景點，克勞斯也就沒有趕她走，兩人就這麼結伴一起去海邊、洞窟等許多地方探險。

分別之際，拉芙塔妮亞抽抽搭搭地哭個不停。

她不理會父母的斥責，緊抓著克勞斯的腿不放。

『克勞斯大人，拜託不要走！請你也帶小女子離開這裡！』

『嗯，不要。』

『嗚嗚～在你點頭答應之前，小女子是不會放手的！』

『真礙事……我要怎麼做妳才肯放開我？』

『……！假如！假如我們又再見面，到時你願意娶小女子為妻嗎？』

『我拒絕。誰要跟妳這種人結婚啊。』

『好壞心！除非你答應，否則小女子要一直抓著你不放！』

『好好好，我會考慮的。總之妳可以先放手嗎？』

反觀對拉芙塔妮亞沒有特殊感情的克勞斯則是隨口這樣回答。

以上便是拉芙塔妮亞和克勞斯的交流。

◆◆◆

「這樣就是約定好了呀！」

聽完之後，葛蕾特瞪大雙眼。

儘管對如今已不復見、當時克勞斯的粗魯態度感到怦然心動，她還是想先指謫克勞斯對「娶我為妻」這句話回答「我會考慮的」這一點。

「呃，雖然也不是不能這樣解釋……」

克勞斯尷尬地皺起眉頭。

「……可是，說這樣就算是訂下婚約，會不會太牽強了？」

「這、這麼說也有道理……」

「我不否認自己的發言確實不夠謹慎。但是，當時拉芙塔妮亞才十歲，又是在鬧脾氣的時候說出那番話，一點都不像認真的樣子。況且周圍其他人也都這麼認為。」

對於他的說明，莎拉和愛爾娜也「說得也是，畢竟老大也有在敷衍她」、「就是呢，這樣就自稱『未婚妻』太勉強了」這麼表示同意。

確實，當時拉芙塔妮亞的父母，以及等同克勞斯家人的「火焰」成員也在場，然而他們並沒有同意兩人結婚。這樣就自稱「未婚妻」實在太荒唐了。

姑且退一百步，假設當時十歲的拉芙塔妮亞超乎克勞斯的預期，真的天真地將他的回答解讀成「婚約」好了。但還是讓人很難相信現在十六歲的拉芙塔妮亞至今依舊相信那一點，畢竟克勞斯都已經拒絕過她一次了。

葛蕾特以「為了保險起見，我想確認一下」作為開場白，接著問道。

「……老大和拉芙塔妮亞小姐這六年來有通過信嗎？」

「完全沒有。所以這件事才會也令我感到意外。」

克勞斯在眉間擠出皺紋。

「──只能想成，也許她的心情在這六年間起了什麼變化吧。」

平時在執行任務時，也不曾見他露出如此困惑的表情。

看樣子，他似乎正在反省自己輕率的言行，玩弄了一名少女的純情。雖然不管怎麼想，這件事他都沒有錯。

「我回想了一下從前的記憶，但還是完全沒有任何頭緒。」

他之所以會在這裡喝咖啡，好像就是因為這個原因。

仔細一瞧，咖啡裡加了他平常不會加的牛奶，一旁還擺著砂糖罐。他似乎是想藉著飲用六年前喝過的咖啡歐蕾來探索記憶。

「好意外呢。」愛爾娜泛起微笑。「沒想到六年前的老師也這麼不成熟呢。」

「……以前的我，一舉一動都很草率。」

克勞斯聳了聳肩膀。

「不管怎樣，總之明天我會明確否定這件事。這個問題就到此為止。」

見他做出這樣的結論，葛蕾特、莎拉、愛爾娜全都放下心來。

之後，因為不想在暴風雨中外出，於是他們四人就一起玩桌遊。這款島上流行的遊戲讓他們玩得不亦樂乎，暫時忘卻了拉芙塔妮亞的事。

途中，克勞斯說「我去跟認識的朋友打個招呼」便離席。

渾然不知事態已在這段期間急劇惡化。

◇◇◇

——假期第三天。

一早就發現到異狀。

暴風雨過去，打算清晨外出散步的葛蕾特邀請克勞斯同行。莎拉和愛爾娜還在睡，安妮特則是不曉得跑去哪裡了。為了度過兩人獨處的平靜時光，他們來到民宿外面。

一出門，就遇見一名送牛奶的男性。

他見到人在民宿玄關的克勞斯，隨即像是察覺什麼似的「喔！」了一聲。

「你就是克勞斯先生吧？果真一如傳聞是個帥哥哩～」

男性用夾雜島民腔調的語調這麼說，然後豪邁地大笑。

「祝你和拉芙塔妮亞幸福啊。」

克勞斯還來不及問那是什麼意思，男性就騎著腳踏車離開了。

就在兩人收拾好心情準備前往海灘時，忽然被一位似乎是島民的老婦人叫住。

「喔喔，就是你要和拉芙塔妮亞結婚對吧？」

她看著克勞斯的臉，開心地點頭。

「十天後的婚禮加油啊。那孩子過去吃了許多苦，如今總算得到回報了。昨晚聽到這個消息後，我整個人鬆了口氣呢。」

「…………十天後？這件事我還是第一次聽說。」
克勞斯這麼反問，可是老婦人大概是重聽吧，隨即就進屋去了。
懷著心中愈發強烈的不祥預感，這一次，他們遇見一名正在搬運漁網、待會兒好像要出海捕魚的男性。他一見到克勞斯便大步走來，用力拍拍他的肩膀。
「嗯嗯，你就是拉芙塔妮亞的未婚夫對吧？在這種地方跟女人走在一起，小心會被懷疑偷吃喔。你就在婚禮之前安分一點吧。」
「……你們大家似乎都誤會了。」
可能是覺得不耐煩了，克勞斯堅決否定。
「我和拉芙塔妮亞不是那種關係。我們不會舉行婚禮。」
「真是的，你可真愛開玩笑。」
「我就說——」
男漁夫伸手打斷克勞斯的話。
「你不用再說了。我也懂那種想要偷吃的心情，可是啊，事情終究還是得做個了斷才行。跟你說，我從拉芙塔妮亞還是嬰兒時就認識她了。」
「是喔……」

「就是啊。這事雖然不可能發生，不過假使你敢欺騙我們島上的拉芙塔妮亞，玩弄她的純情、不打算跟她結婚的話──」

他用粗壯的手臂舉起漁網，一邊低聲說道。

「──你可別以為包括你的學生在內，你們所有人能夠平安離開這座島喔？」

「……………」

似乎是覺得自己很難說服對方，克勞斯像是放棄一切似的保持沉默。

「事情感覺已經變得一發不可收拾了！」

「真沒想到她會搶先我這麼多步。」

之後，在民宿周邊走過一圈的他們理解到一件事，那就是克勞斯和拉芙塔妮亞舉辦婚禮一事已成為既定事實散布開來了。

民宿周邊的島民似乎全都從以前就非常疼愛拉芙塔妮亞，每個人都對她結婚一事獻上祝福。即使克勞斯予以否認，對方也不是當他在開玩笑，就是委婉地威脅他。

婚禮邀請函的散布範圍，是民宿所在的小島西側的部分區域，據說已經有三十幾戶人家收到邀請。不僅如此，就連克勞斯的外觀特徵、他與拉芙塔妮亞的相遇過程也為人所知，甚至連經過誇大的戀愛故事也廣為流傳。

「她究竟是什麼時候做了這麼多事……？事情甚至嚴重到老大如果不跟她結婚，島民就不肯開船讓我們回去……」

「就是啊，第一天完全沒有那種跡象。她的動作太快了。」

「從大家的口吻聽來，他們好像是這一兩天才知道結婚的事情。」

「不管怎麼說，光憑拉芙塔妮亞一人不可能辦到。這是一流情報員才做得到的事情──」

他們一邊分析現況，一邊返回民宿。

剛抵達玄關，就碰巧見到拉芙塔妮亞正在和另一名少女開心地聊得非常起勁。

「安妮特大人，人手都已經找到了喔。」

「是的，拉芙塔妮亞大姊！本小姐剛才去請四區的花店幫忙了！他們會在前一天完成最美麗的捧花！」

「「……………嗄？」」

站在拉芙塔妮亞身旁的是安妮特。她兩手捧著一大疊婚禮邀請函，不停蹦蹦跳跳。

這時，拉芙塔妮亞注意到滿臉錯愕的葛蕾特二人。

「喔喔，克勞斯大人，你在這裡做什麼啊？來吧，婚禮之前有好多事情非做不可哩。」

「不，先不管那個了。」

克勞斯口中發出嘆息聲。

「……安妮特，妳在做什麼？」

「本小姐在幫忙拉芙塔妮亞大姊籌辦婚禮！」

她滿不在乎地這麼回答。

接著，拉芙塔妮亞抓住安妮特的肩膀，說：「一點都沒錯！」

「全部都是安妮特大人幫忙安排的哩。她為了我們一下分發邀請函、一下尋找場地，幫了好多忙哩！」

拉芙塔妮亞一臉佩服地說「安妮特大人真棒」，一邊撫摸她的頭。

安妮特臉上也露出暗自竊喜的笑容。

看來事情會發展成這樣，都是因為她在暗中行動。只要她拿出真本領，不管是捏造克勞斯和拉芙塔妮亞的戀愛故事還是說服島民，都是易如反掌之事。

——但是，安妮特為什麼要幫忙呢？

這個疑問還沒獲得釐清，拉芙塔妮亞就撒嬌地抱住克勞斯。

「我們來辦一場完美的婚禮吧，克勞斯大人？」

安妮特像在為那樣的她獻上祝福般大力鼓掌。

「本小姐要成為婚禮顧問！」

「「——————————————————」」

眼見自己完全被對方超前，克勞斯和葛蕾特不禁愕然。

這是趁虛而入的完美情報戰略。

◇◇◇

——假期第四天。

對葛蕾特來說，這是宛如置身地獄的一天。

因為她只能尾隨拉芙塔妮亞和克勞斯，遠遠看著他們像一對快要步入禮堂的新人般卿卿我我。

拉芙塔妮亞拉著克勞斯的手，帶著他在鎮上走來走去。

「克勞斯大人，接下來去量禮服的尺寸吧。身為新娘的小女子會陪著你的。」

「…………好。」

有時，他們兩人會聊起連葛蕾特都不知道的過去。

「克勞斯大人，要不要去回憶之地走走？那是我倆第一次心意相通的地方哩。」

「……妳是說當時妳擅自跟來，硬要我請妳吃冰的地方啊。」

而且，兩人還會進行葛蕾特求之不得的肢體接觸。

「呵呵，既然我們就快結婚了，勾勾手臂應該沒關係吧？」

「…………放開我，這樣很難走路。」

這些在在都嚴重削弱葛蕾特的精神。

「～～～～～～～～～～～～！」

為了克制自己不要放聲尖叫，葛蕾特痛苦到扭來扭去。

明知自己不該跟蹤，否則只會惹得自己傷心，她還是忍不住繼續尾隨。她改變裝扮，在不會被拉芙塔妮亞發現的近距離下持續暗中觀察。雖然這無論怎麼想都是跟蹤狂的行為，現在的她也顧不得面子了。

然而最令她心慌意亂的，是克勞斯順從拉芙塔妮亞的態度。

當然，克勞斯事前已經跟她解釋過。

『不管怎麼說，至少島民威脅我「不准逃」的態度是認真的。假如我把事情鬧大，說不定會危害到其他想要悠哉度假的成員們。』

但是，包括克勞斯這樣的應對方式在內，安妮特大概早就都料到了。

克勞斯希望「燈火」的少女們可以好好休息，不希望她們因為自己而和島民產生不必要的衝突。於是他選擇先不反抗，窺探對方的可乘之機。

克勞斯只是在演戲——葛蕾特心裡很清楚這一點，但是……

（現、現在也只能忍耐了……）

她不斷回想克勞斯的話，拚命地說服自己。

若是不這麼做，她恐怕就要被嫉妒沖昏頭了。

此時在她眼前，克勞斯和拉芙塔妮亞正親密地勾著手臂，聊著兩人之間的回憶。像是從前一起看過的夕陽很美之類的，對話十分溫馨。

結果這時，勾著對方手臂的拉芙塔妮亞若無其事地，將自己的胸部貼向克勞斯。

「～～～～～！」

葛蕾特再次痛苦到快暈過去。縱使知道克勞斯不會因為這樣就受到誘惑，她還是好生氣，無法忍受。

並且忍不住拿拉芙塔妮亞隆起的胸部，和自己平坦的胸部做比較。

「～～～～～～～～～～～～！」

於是，她又再次感到苦悶不已。

◇◇◇

——假期第五天。

這一天，島上發生了大騷動。

葛蕾特在第四天蒙受的壓力下作了惡夢，導致這一天睡過頭，最後被一陣刺耳的怒吼聲吵醒。民宿前方傳來男性破口大罵的聲音。

「不要在那邊大呼小叫！你們只要把昨晚的事情老實說出來就好！」

是葛蕾特很害怕的那種聲音。

她不由得捂住耳朵，接著外頭又傳來年邁男性的微弱說話聲。

「可、可是，我說的本來就全是事實啊。我真的什麼都不知道。」

「可是我聽說你『連續好幾天都在抱怨海軍』？」

「那、那是……可是，我和昨晚的事情……」

「！算了！我要把你列入嫌犯名單中！」

看樣子好像發生衝突了。

葛蕾特趕緊梳洗完畢，結果當她來到民宿外面時，爭吵已經結束了。

馬路上聚集了約莫十五名島民，氣憤地瞪著好像是軍人的男人們離去的背影。等到看不見他們的身影，島民們這才上前安慰嚇到腿軟的年邁男性。看來似乎是軍人和島民之間起了衝突。

「……請問發生什麼事了？」

葛蕾特向一旁的老婦人詢問，只見她重重地嘆氣。

「聽說發生殺人事件了。」

「事件？」

「今天早上，海軍基地一位名叫梅爾薛少尉的大人物的遺體被人發現。詳細情形我還不清楚，不過聽說遺體被砍得支離破碎哩。」

她把自己所知道的事情全說出來。

昨晚——對葛蕾特而言是假期的第四天——梅爾薛少尉離開海軍宿舍、去了鎮上，可是卻整晚都沒有回來。今天早上損壞嚴重的遺體在小島南端的岸邊被發現，最後是從遺體身上殘留的物品判定死者是梅爾薛少尉。

「……所以海軍立刻就開始搜索犯人啊。可是這真的是殺人事件嗎……」

「這是大海盜傑卡爾的詛咒哩。」

「……………什麼？」

「一切都是從那些軍人的貪得無厭開始哩。那座基地是他們驅趕島民興建起來的，而他們直到現在都還企圖擴大基地的面積。這座島就是從那時候開始變得不對勁。威脅這座島的人會受到詛咒。因為這座島上，有著想要保護寶藏的大海盜的怨念哩。」

老婦人一副不安地渾身顫抖。

「——每三個月，島上就會有一人慘遭無情殺害。」

據她所言，慘劇是從三年前開始。島上每三個月，就會發現一具橫死的屍體。受害者有島民、旅客，也有軍人。只不過，被發現的遺體不是全身支離破碎，就是遭到扭斷，損壞程度非比尋常。

這番話雖然讓人不敢置信，但似乎是千真萬確。

老婦人顫抖著說：「小姐妳也要小心。真是太可怕了。」之後便從葛蕾特身旁走開。

海盜的詛咒和殺人事件儘管令人好奇，卻和葛蕾特沒有直接關係。

這一天，她決定到海灘上走走，轉換一下心情。她明白就算再去跟蹤拉芙塔妮亞和克勞斯，也只會讓自己傷神，於是她決定相信克勞斯。

葛蕾特和愛爾娜一起在沙灘上收集貝殼。

她們只要找到形狀漂亮的貝殼，就將其和沙子一起裝進透明玻璃瓶中。起初她還擔心可能馬上就會覺得無聊，不過開始收集後她找到了好幾個閃亮如寶石的貝殼，讓她漸漸樂在其中。

愛爾娜好像也找到了淺桃紅色的可愛貝殼。

「葛蕾特姊姊，這是相當稀有的貝殼呢！」

「……就是啊。不但沒有缺口，珍珠層也很漂亮。妳真的挖到寶了呢。」

正當兩人相視而笑時，海灘另一頭傳來「唔喔喔喔喔喔喔喔！」的吶喊聲，隨後就見到手持棒狀工具的安妮特。她好比推土機一樣鏟起海灘的沙子，向前猛衝。

「本小姐要回收貝殼！」

「Nooooooooooooooo！」

愛爾娜被橫衝直撞的安妮特撞倒了。

這時安妮特停下來，確認堆積在棒狀工具裡的貝殼。那似乎是可以將沙子鏟起，只採集貝殼的工具。她一臉滿足地點頭說：「喔，有了這些就可以裝飾會場了！」

她似乎非常認真努力地在當婚禮顧問。

「早安，安妮特小姐。」

「嗯？葛蕾特大姊！怎麼了嗎？」

「我想請問妳，妳為什麼要幫拉芙塔妮亞的忙呢？」

安妮特一邊把不要的貝殼扔進海裡，一邊露齒而笑。

「這是本小姐的祕密！」

「這樣啊………」

「本小姐反倒想問大姊，妳覺得是為什麼呢？」

沒想到居然被反問了。

正當葛蕾特不知如何回答時，安妮特把臉湊過來窺視她的表情。

「——如果本小姐說『是為了激勵葛蕾特大姊』，妳會怎麼做？」

「………什麼？」

葛蕾特不由得瞪大眼睛，僵在原地。

安妮特滿意地點點頭，吐舌說：「本小姐開玩笑的！」，接著就轉身跑走了。一屁股跌坐在海灘上的愛爾娜向她控訴：「先向我道歉呢！」，她卻完全充耳不聞。

這名少女還是一如往常地難以捉摸。

安妮特的目的不明。

可是，無論她是不是在開玩笑，她的話都煽動了葛蕾特的情緒。

話說回來，這次的糾紛不管讓誰來想，最不應該的人都是拉芙塔妮亞。她以六年前不清不楚的婚約為前提，硬是要和克勞斯結婚。不僅如此，她間接讓「燈火」的少女們遭受威脅，害克勞斯束手無策的手法也令人不滿。

——既然安妮特說「是為了激勵妳」，不如就順她的意吧。

葛蕾特握緊拳頭這麼心想，一回到民宿，就正好撞見克勞斯和拉芙塔妮亞在餐廳裡。

拉芙塔妮亞穿著圍裙，笑瞇瞇地將料理端上桌。

「呵呵，克勞斯大人。今天的晚餐是小女子親手做的特餐喔。這是用在島上生長的熟成牛肉特製的漢堡排哩！請你務必品嘗看看！」

「…………這樣啊。」

克勞斯毫不掩飾臉上的不悅，盯著眼前還另外添上起司和蛋的豪華漢堡排。

反觀擺在隔壁的莎拉面前的，卻是只有淋上醬汁的普通漢堡排，兩者顯然有著極大的差別待遇。傻眼的莎拉只能「啊哈哈……」地苦笑。

一邊對民宿員工這樣的行為感到不以為然，葛蕾特開口喚她。

「拉芙塔妮亞小姐。」

「嗯？什麼事？雖然漢堡排的外觀有點不一樣，但那只是眼睛的錯覺——」

「我有一個事實必須告訴妳。」

拉芙塔妮亞狐疑地蹙起眉頭。

葛蕾特大方地挺起胸膛，勇敢宣示。

「其實我也是——克勞斯老師的未婚妻。」

同樣以妄言對抗她主張自己是「未婚妻」的妄言。

克勞斯苦惱地捏住眉心的反應儘管令人在意，但是見到拉芙塔妮亞失魂落魄地讓裝著漢堡排的盤子掉落在地，葛蕾特心裡感到非常痛快。

這次換妳陷入恐慌了，她有些壞心地泛起微笑。

◇◇◇

——假期第六天。

葛蕾特被克勞斯罵了。

「妳為什麼要把事情搞得愈來愈複雜？」

「……對不起。我一時沒能克制住內心的衝動。」

昨晚拉芙塔妮亞的反應實在大快人心。她顯然十分驚慌失措。

『這、這是怎麼一回事？難、難道說克勞斯大人劈腿？不、不對，這只是妳單方面的說詞！小、小女子要向安妮特大人確認！如、如果這是事實，小女子的人生會變成什麼樣？一、一切都完了……這、這不是真的啊啊啊啊啊啊啊啊啊！』

她表現出超乎預期的驚慌態度，弄倒餐廳裡的桌子慌張離去。

雖然覺得她特地準備的漢堡排全都掉到地上很可惜，不過既然心情因此變得舒暢許多，就姑且不去在意那些了。

克勞斯似乎也有自己的想法，並沒有繼續責備葛蕾特。

這天早上他會把葛蕾特叫到自己房間，似乎是想商量今後的事情。

「暫且不論手段是否恰當，所幸拉芙塔妮亞因此受到了牽制。她因為遭受很大的打擊，一直躺在床上不肯起來。看來我今明兩天應該可以自由行動，真是太好了。」

克勞斯深深地點頭，接著朝葛蕾特的方向瞥了一眼。

「追根究柢，這場糾紛是因我而起，妳實在沒必要蹚這灘渾水。」

「不，我要繼續。既然我已經宣戰了就不能退縮。」

「──好極了。我明白了，妳就協助我破壞這場婚禮吧。」

「……是，那是當然的。」

大致討論完之後，克勞斯交抱雙臂。

「話說回來，只要我認真起來，無論破壞多少場婚禮當然都不成問題。」

「……我想也是。」

「但是可以的話，我希望能夠圓滿解決這件事。」

他之所以沒有採取大動作，最主要的原因應該是想讓其他少女們有個安穩的假期，不過一方面也是替拉芙塔妮亞著想。

對此，葛蕾特的心情雖然複雜，但是既然克勞斯希望這麼做，也只能尊重他的想法。

「今天我有事情想獨自調查，所以打算一個人行動。妳把明天空出來給我。」

他說出接下來的行動方針。

「我想調查拉芙塔妮亞的過去。」

◇◇◇

──假期第七天。

葛蕾特在事前約定好的時間來到餐廳後，見到同住一間民宿的莎拉趴在桌上。她把平時不離身的報童帽當成枕頭墊在底下，潸然落淚。也沒有碰民宿提供的早餐，就這麼擱在一旁任由它涼掉。

「小、小妹已經受夠了。什麼都不想思考了……不想在島上走動了……！」

「發生什麼事了？」

擔心的葛蕾特開口關切，結果莎拉左右搖頭。

「……小妹大罵了變態男子們一頓。」

「到底發生了什麼事啊？」

她好像也被捲入麻煩之中了。葛蕾特決定讓她繼續哭。

沒一會兒，克勞斯也來到餐廳，瞥了莎拉一眼。他一臉同情地點點頭，朝葛蕾特走來。

「這是我偶然聽見的傳聞。」克勞斯低聲說道。「聽說現在一名被稱為『黑髮魅魔』的女人在島上掀起熱議。」

「……………這樣啊。」

「莎拉好像受到牽連了。真可憐。」

雖然不清楚怎麼回事，但是因為約好的人已經到了，兩人於是結束閒聊。

一名蓄著濃鬍的男性端著上面擺了咖啡杯的淺盤，從餐廳深處走來。葛蕾特也已經和他見過面。他名叫克里希，是這間民宿「黑尾鷗之鄉」的老闆，也是拉芙塔妮亞的親生父親。

他對著兩人說：「拉芙塔妮亞一早就出去了。」

是克勞斯拜託他撥空和自己聊聊。他們將茫然的莎拉趕到餐廳角落，圍桌而坐。

「克勞斯先生，我女兒做出這麼唐突的舉動，真是對不起。」

克里希說話沒有島民特有的腔調。他用非常客氣有禮的措辭表達歉意。

「其實我也嚇了一跳，沒想到她會突然說要辦婚禮。你早就知道這件事嗎？」

「不，我得知這件事時簡直青天霹靂。」克里希苦笑著說。「雖然我早就知道她喜歡克勞斯先生，卻萬萬沒想到她會要跟你結婚。」

身為父親的他似乎也感到意外。

根本就不是什麼未婚妻嘛，葛蕾特在內心憤慨地抱怨。

「我本來不想提起這個話題的，不過——」

克勞斯看似猶豫地停頓一會兒。

「我聽說現在這座島上出現了『大海盜傑卡爾的詛咒』。每三個月，島上就會發生淒慘的殺人事件。」

「原來你已經聽說了啊。」

「莫非——克里希先生的太太，也就是拉芙塔妮亞的母親——」

「是的，內人在三年前遇害了。」

葛蕾特忍不住驚呼。

說起來，克勞斯在談論拉芙塔妮亞的過去時，確實有提到「父母」一詞。可是，葛蕾特到現在都還沒有在這間民宿見到像是她母親的人。

而且仔細想想，民宿周邊的島民也都說拉芙塔妮亞這孩子「吃了許多苦」。

克勞斯也一臉震驚，喃喃地說：「這樣啊，原來她已經……」

「發生了什麼事呢？」

「那個傳言是大海盜的詛咒的連續可疑死亡事件——第二名受害者就是內人。」

克里希緩緩道來。

「三年前某個春天的早晨，面目全非的內人在這間民宿後方的懸崖底下被人發現。四肢被截斷，臉也遭到毀容，死狀淒慘到無法立即辨識她的身分。而當時發現屍體的人，正是拉芙塔妮亞。」

他一臉憤恨地咬住嘴唇，左右搖頭。

「犯人到現在都還沒找到。」

「……警方怎麼說？」

「他們完全束手無策，這起連續可疑死亡事件實在太異常了。被發現的遺體每具都很詭異，有的全身焦黑倒在路中央，有的全身血液都被抽乾，也有的是像前幾天的海軍將校一樣全身被砍得亂七八糟……除了當成詛咒沒有其他辦法。」

很顯然他並不能接受這個說法。

他眼眶含淚，表情非常不甘心。

「島民和警方合作，拚命搜索犯人，但最後還是沒有抓到。住在這座島上的人，有一半是海軍基地的軍人。雖然也有人發出『那些傢伙很可疑』的質疑，可是島上的警察無法對他們出手。如果犯人真的被他們藏匿起來，那就沒戲唱了。」

「……這樣啊。」

「拉芙塔妮亞就是從那時開始，對這座島感到絕望。」

克里希的音調愈來愈低。

「她開始每天都會跟我說『好想離開這座島』。但是說來慚愧，我因為認為她遲早會繼承這間民宿，所以既沒有讓她考取特殊執照，也沒有讓她好好念書。她沒有足夠的學識能夠去島外討生活。」

這時，克里希抬起頭，定睛注視著克勞斯。

「對拉芙塔妮亞而言——從前和你許下的約定是唯一的希望。」

「……原來是這麼回事。」

克勞斯恍然大悟地說。

看來和他之前猜想的一樣，六年前，拉芙塔妮亞其實也沒有認真想要跟他結婚。可是母親遇害一事沒有被妥善調查所帶來的絕望，讓她開始想要到島外生活，於是她將希望完全寄託在和克勞斯的約定上。

說不定連她腦海中的記憶也被美化了。

「我明白這麼做很自私。身為父親，我深感抱歉。」

克里希滿臉歉意地低下頭。

「但是對我女兒來說，這是她離開這座絕望之島的唯一手段。所以，可以請你和她結婚嗎？請你務必讓她幸福。」

他會這麼做，或許是出於父親對女兒的愛。

克勞斯靜靜地望著低頭懇求的克里希。儘管一言不發，他的表情卻感覺若有所思。

◇◇◇

——假期第八天。

由於克勞斯又拋下一句「我有事情想獨自調查」就開始行動，於是葛蕾特變得無事可做。她本來打算和愛爾娜去海軍基地，不料途下起雨來，她們只好趕緊折返。那場雨大到有可能又會演變成暴風雨。

沖完澡之後，她發現拉芙塔妮亞早已在外頭等候。

她的腳上沾滿汙泥。「小女子剛才去準備婚禮場地哩。」她這麼解釋。「小女子跟安妮特大人討論過，打算在藍天白雲下舉辦婚禮。在山丘上排放椅子、布置裝飾，準備辦一場時髦的戶外婚禮哩。」

她好像在休息兩天之後又重新振作起來了。

「……新娘居然親自準備，真令人佩服。」

「妳從家父那裡聽說小女子的事情了吧？」

拉芙塔妮亞微微聳了聳肩。

「小女子不需要別人同情。因為小女子一定會和克勞斯大人結婚，離開這座島。反正妳說自己是『未婚妻』應該也只是虛張聲勢吧？」

「……被妳發現了啊。」

當然只要她向安妮特確認，馬上就會知道這是謊言。葛蕾特不過是在嚇唬她罷了。

這時，拉芙塔妮亞忽然將某樣東西扔過來。

「收下吧，這是禮物。」

「嗯…………？」

「其實小女子也知道自己很蠻橫，就讓我以此賠罪吧。」

她扔過來的是一只小小的麻袋，長度約莫四十公分。裡面似乎裝了像是機器的東西，感覺沉甸甸的。

「那是護身符喔。」拉芙塔妮亞解釋道。

「是喔……」

「小女子可不打算退讓喔。自從母親去世後，小女子開始回憶和克勞斯大人在島上共度的那段日子。他儘管態度冷淡卻還是願意配合小女子的步伐，儘管滿臉嫌棄卻還是請小女子喝果汁……每一份記憶都感覺閃閃發光喔。」

她像在喃喃自語般地說。

「現在回想起來，真的沒有比當時更快樂的時光了……」

「這麼說……」葛蕾特不禁屏息。「妳對克勞斯老師的感情是發自真心的了……？」

「那當然。」拉芙塔妮亞露出爽朗的笑容。「小女子才不會隨便找個人結婚喔。」

那是少女暗藏愛意的眼神。

◇◇◇

——假期第九天。

拉芙塔妮亞和克勞斯的婚禮將於四天後，也就是假期第十三天舉行。

葛蕾特想到一個點子，之後隨即到鎮上的商店採買大量布料，還硬是向島民借了縫紉機。為了對抗拉芙塔妮亞，儘管時間短暫，她還是無論如何都想完成某樣東西。

返回民宿的路上，她在海灘上見到熟悉的三名同伴。

是百合、席薇亞、莫妮卡三人。她們好比被沖上岸似的躺在那裡。

擔心她們是不是昏過去了，葛蕾特急忙趕到她們身邊。

「各位，妳們怎麼了……？」

所幸三人就只是躺著而已。

可是她們卻無精打采，莫妮卡和百合搖搖頭說。

「我不行了。請不要跟我說話……」

「咱們幾個連回去民宿的力氣都沒有，只能在這裡休息……」

沒想到這三個人居然會累到這種程度。

沒記錯的話，她們之前應該是一邊在洞窟探險，一邊尋找海盜的寶藏。可能是找得太投入了，她們每個人都露出筋疲力盡的表情。

席薇亞似乎相較還保有一些體力，只見她笑瞇瞇地朝這邊揮手。
「葛蕾特妳呢？妳有好好享受假期嗎？」
「……這個嘛，不好說。」
「嗯？」「哦？」「咦？」
「沒有啦，我只是一如往常地準備挑戰不能輸的戰爭……」
葛蕾特簡略地向神情困惑的三人解釋。
「……是關於老大的事情。」
三人似乎光是聽到這幾句話就全部明白了。她們瞬間倒吸一口氣，接著微微點頭，對葛蕾特投以溫柔的目光。
「葛蕾特。」
莫妮卡站起來，觸碰葛蕾特的肩膀。她像要慰勞葛蕾特一般，正面注視著她。
「雖然不知道詳細情形，不過在下想給妳一個建議。」
「…………」
「——千萬不要遺漏重要的事物。」
她的語氣中流露出真摯的感情。那並非普通的一般論，反倒像是帶入自身經歷和情感。她露出略顯落寞的眼神，在觸碰葛蕾特肩膀的手中施力。

百合和席薇亞也一臉不好意思地點頭。

「就是啊，沒有什麼事情比遺漏之後才察覺更令人哀傷了。到時就只能徒留悔恨，每天晚上暗自哭泣——」

「然而無論怎麼祈禱，時光也不會倒流。葛蕾特，妳可不要犯那種錯誤喔。」

「各位……！」

眼前景象感覺漸漸變得繽紛起來。

席薇亞站起身，摟著葛蕾特的肩膀說：「好了，我們來大玩特玩，為葛蕾特的勝利祈禱吧！」。溫暖的沙子從剛才直接躺在海灘上的席薇亞身上濺過來。

莫妮卡和百合做出「咦？現在嗎？」、「我還想休息一下耶……」的困惑反應，但席薇亞卻堅持「有什麼關係！這可是難得的假期耶」，於是她們也帶著傻眼的笑容撲向葛蕾特。

被三名少女抓住身體，葛蕾特慌張地驚叫抵抗，卻還是被拖進海裡。她們似乎甚至不打算讓葛蕾特換衣服。葛蕾特唯一能做的就是放掉手中裝了布的紙袋。

三人興奮地喊著：「不管了啦！」、「一點都沒錯！」，一邊朝葛蕾特潑海水，一行人那天放肆地玩到晚上才結束。

◇◇◇

——假期第十天。

昨天，葛蕾特把買來的布交給席薇亞，作為陪自己玩的謝禮。因為她猜想那些布或許能在去洞窟探險時派上用場，而收到禮物的她們顯得十分高興。

由於布還剩下很多，葛蕾特決定馬上著手製作她想要做的東西。

令人高興的是愛爾娜願意幫忙。

雖然沒能像第一天約定好的那樣和她一起玩，她卻表示：「愛爾娜有好好地享受假期呢……！」

當葛蕾特不在時，她似乎會獨自在島上四處漫步或是看看海，悠閒地消磨時光。而且因為島民們都對她很好，所以她的離島生活過得相當平靜自在。

兩人待在民宿的臥室裡，埋頭作業。

「愛爾娜有時會想……」

正在幫忙裁布的愛爾娜突然喃喃開口。

「其實愛爾娜也很喜歡老師呢。」

葛蕾特不由得停下手邊的工作。

「！是這樣嗎……？」

「是呢。不過，那一定和葛蕾特姊姊的喜歡不一樣呢。」

她在臉上泛起柔和的微笑。

「所以愛爾娜……才會為葛蕾特姊姊的戀情加油打氣呢……！」

心中滿懷著暖意，葛蕾特「謝謝妳」這麼致謝。

——「燈火」的少女們實在對我太好了。

再次有此感觸的她壓抑不了臉上的笑意，甚至產生究竟該如何報答這份恩情的煩惱。

正當兩人動作俐落地進行作業時，走廊上突然傳來啪噠啪噠的吵鬧聲。只有一人會發出這麼大的腳步聲。

「嗯？安妮特？」

愛爾娜一打開門，正好就見到安妮特站在外面，「嗯？」地歪著頭。

愛爾娜立刻捂住鼻子。

「味道好臭呢！」

「本小姐剛才去了溫泉！」

她身上飄散出硫磺的氣味。對了，拉芙塔妮亞之前確實有說過島的南邊有溫泉。

可是，泡溫泉和婚禮感覺毫不相關。
「妳不用做婚禮顧問的工作嗎？」
葛蕾特忍不住這麼問，結果安妮特大聲回答。
「本小姐已經厭倦了！」
「咦…………」
如此自由奔放的發言，令葛蕾特不禁啞然。她先是讓葛蕾特等人陷入混亂，現在卻又扔下拉芙塔妮亞不管了。
安妮特握緊拳頭說：「本小姐找到更有趣的東西了！」，之後便再次發出啪噠啪噠的腳步聲，走下民宿的階梯。
「本小姐要出去進行調查！」
她拋下無言以對的葛蕾特二人，猶如一陣暴風雨般離去。

◇◇◇

——假期第十一天。
在受到同伴鼓勵、埋首作業的過程中，葛蕾特心意已決。

接下來就只剩下和拉芙塔妮亞見面了。
她睡過頭了。據她的父親所言，她好像昨晚出去了一趟。因為她好不容易起床後隨即又出去採買，所以葛蕾特一直沒能和她說到話。
一直等到了中午，後門那邊才總算傳來拉芙塔妮亞的聲音。
「拉芙塔妮亞小姐，那個——」
拉芙塔妮亞正從後門將食材搬進屋內。一見到她的模樣，葛蕾特頓時止住話。
拉芙塔妮亞的左臉頰上，有一片藍紫色的瘀青。
「…………！」
葛蕾特情不自禁按住自己的臉頰。白皙肌膚上浮現觸目驚心的疤痕。
正當她講不出話時，拉芙塔妮亞開口：「嗯，是葛蕾特啊。」，一邊對她投以憂愁的眼神。
「妳的臉頰發生什麼事了……？」
「嗯？小女子只是昨晚挨揍了，沒什麼大不了啦。」
拉芙塔妮亞像在開玩笑似的露齒笑道。
見到她顯然是在逞強，葛蕾特不知該說些什麼。從世俗的角度來看，她是即將舉行婚禮的新娘，不應該被人打巴掌。
「到底是誰這樣對妳…………？」

被葛蕾特這麼一問，拉芙塔妮亞像是猶豫要不要回答地低下頭，輕嘆一聲。

「——是海軍的人哩。」

「……！」

不敢相信。即使和島民之間有摩擦，也不應該對這樣的少女動手啊。

拉芙塔妮亞難為情地按住自己的臉頰。

「小女子真的好不想……繼續在這座島上生活…………！」

她緊咬嘴唇，神情痛苦地閉上雙眼，眼角還微微滲出淚水。

葛蕾特心中頓時湧現想要抱住那具顫抖身軀、安慰她的衝動。

拉芙塔妮亞無力地把手移離臉頰，開始將貨物從剛才拉回來的兩輪拖車上卸下來。

「不過已經沒事了哩，因為小女子後天就要舉行婚禮了。小女子將和克勞斯大人結為夫妻，離開這座島哩。」

「拉芙塔妮亞小姐……」

從她的語氣中可以明確感受到喜悅。

失去母親，對找不到犯人的這座島感到絕望的少女。她受到島外的男人克勞斯吸引，在他身上看見希望，不惜強迫也要和他結為夫妻。

葛蕾特對她的遭遇產生了一定的同情。

可是，葛蕾特還是無法認同她的行為。

「妳是不是遺漏了一樣重要的東西呢？」

這是莫妮卡之前對她說過的話。

拉芙塔妮亞抓著紅蘿蔔，瞪著她。

「嗯，什麼意思？妳不要以為這樣的威脅有用──」

「──是克勞斯老師的心情。」

葛蕾特挺直背脊，清楚明白地說。

「妳以曖昧不清的過往約定作為根據，硬是從外圍消除一切阻礙的努力儘管值得讚許，可是妳有詢問過克勞斯老師本人的想法嗎？」

「嗄？」

「妳感覺只是在逃避罷了。」

「……！妳可真敢說啊。」

拉芙塔妮亞將手裡的紅蘿蔔砸向兩輪拖車，狠狠瞪著葛蕾特。她打量似的注視葛蕾特的臉一會兒後，「哈哈，小女子大概明白是怎麼回事了」地發出輕笑。

「其實妳也喜歡克勞斯大人，所以才會感到著急對吧？」

「一點都沒錯，我和妳一樣喔。」

葛蕾特沒有否認。這是她一直觀察拉芙塔妮亞，經過反覆思索後得到的答案。

「妳和我很相似……我們都遺漏了最重要的東西。」

把自己的想法擺在第一位，不斷硬要親近對方。這和強行接近，不時讓克勞斯感到為難的自己有何不同？

正因為如此，葛蕾特才感到心痛。

「我也沒有詢問他的——克勞斯老師的真實心意。」

不應該再逃避下去了。

——『克勞斯先生最愛的成員是妳啊，葛蕾特。』

既然在意莫妮卡說的這句話，除了向他確認外別無他法。遲遲不去確認真偽、只是一直不停思慕著對方，這種行為就跟深信六年前的婚約一樣可笑。

拉芙塔妮亞目瞪口呆。

大概已經料到葛蕾特接下來要說什麼了吧。她似乎已理解到葛蕾特懷著強烈的決心。

「我已經請克勞斯老師明天到會場去了。」

葛蕾特對畏縮的拉芙塔妮亞說。

「拉芙塔妮亞小姐，妳要不要和我一起鼓起勇氣面對他的心呢？」

她遲遲沒有回答。

拉芙塔妮亞一時之間無法回應葛蕾特的挑釁。她眼神游移、滿臉通紅，像在想辦法含糊帶過地發出「啊，呃」、「可是明天……」的含糊聲音。

葛蕾特可以深切體會她那猶豫不決的心情。

坦白說，葛蕾特也很害怕。

可是，拉芙塔妮亞最後還是「知道了……！」地點頭。

事到如今已不容退縮。

◇◇◇

——假期第十二天。

安妮特雖然說她「已經厭倦了」，不過好像還是有完成最低限度的工作。她幫忙布置的戶外婚禮場地儘管樸素卻十分精緻。

門一樣的擺飾矗立在展望絕佳的山丘上，新郎新娘似乎會在這裡交換愛的誓言。門被塗上純白色的油漆，並且點綴上島上的美麗貝殼和嫩葉。懸掛其上的鐘大概是用來營造效果吧。新郎新娘一同敲響的鐘聲想必將會傳遍整座島。

擺飾前方排放了木椅。雖然只是把削好的原木排一排，不過倒也別有一番風味。

最有看頭的果然還是這裡的地理環境。從山丘可以望見大海，清爽的海風迎面吹來。儘管這天很不巧地是陰天。但是明天應該可以將蔚藍大海盡收眼底吧。

以自己親手籌備的婚禮來說相當別緻。可以感受到拉芙塔妮亞的熱情。

——從結論來說，拉芙塔妮亞失戀了。

拉芙塔妮亞對前來赴約的克勞斯傾訴自己的愛意。

她告訴克勞斯自己有多愛他，以及六年前的回憶給了她多少支撐下去的力量。並且謹慎地主張雖然彼此還有許多不了解的地方，不過這一點只要以後慢慢彌補就好。

葛蕾特站在不遠處，看著拉芙塔妮亞告白。

「這、這是小女子為了婚禮製作的捧花哩。」

拉芙塔妮亞遞出由白色花朵集結成束的巨大捧花。

葛蕾特想起這束花也是安妮特準備的。

「你明天願意和手持這束捧花的小女子，一起步上紅毯嗎？」

拉芙塔妮亞害羞地舉起捧花。

克勞斯聽完她的話之後，將嘴巴貼近她耳邊。

「拉芙塔妮亞，我想對妳說的是——」

雖然沒能聽見後續，不過那似乎是決定性的一句話。

克勞斯似乎為了這一天，已事先準備好令她心碎的台詞。

拉芙塔妮亞神情錯愕地瞪大雙眼，彷彿全身無力一般踉蹌著往後退。她用袖子做出擦拭眼角的動作之後，隨即背對克勞斯，逃也似的跑走。

來到葛蕾特面前的她，臉上布滿了淚水。

「小女子失敗了……被狠狠地拒絕了。」

她自嘲似的笑了笑。

「………………小女子的命運無法改變……」

她再次擦拭眼角，在葛蕾特制止之前便飛快離去。

雖然情敵失戀了，葛蕾特卻一點都高興不起來，反而好想安慰如此努力的對方。

因為接下來就要輪到她自己上場了。

拉芙塔妮亞離去之後，克勞斯依舊站在山丘上動也不動。他沒有望向拉芙塔妮亞離去的方向，而是將視線投向開始起霧的大海。那副面無表情的模樣，看似滿懷寂寥，又像是疲倦至極。

他獨自一人，佇立在原本應是新娘的女性離去後的婚禮會場。

流動過來的空氣濕度感覺增加了，說不定很快就會下起雨來。心想得在那之前回去才行，葛蕾特望著克勞斯的側臉。

他帶著憂鬱的眼神，雙唇緊閉。

不知究竟過了多久時間。

他終於將身體轉向一直在一旁守護的葛蕾特。

「葛蕾特，妳成功煽動了她。」

以淡淡的語氣開口道。

「這麼一來，她應該會放棄舉辦婚禮。應該也會主動散布婚禮中止舉行的消息。」

「……老大，你對她說了什麼？」

「是拉芙塔妮亞的祕密。妳沒有必要知道。」

克勞斯似乎攻擊了她的弱點。儘管覺得殘酷，但是為了讓婚禮徹底中止，似乎有必要這麼做。

克勞斯沒有再多說什麼，逕自邁開步伐。

「好了，葛蕾特。雖然只剩下一點時間，不過假期還沒結束。接下來就悠哉地度過吧。」

葛蕾特朝著他的背影出聲。

「……老大，請等一下。」

「嗯……？」

「我很擅長快速更衣。」

只做了最低限度的說明，葛蕾特隨即朝樹蔭走去。

葛蕾特手裡提著一個大袋子，裡面的東西是她為了這一天特地準備的。由於沒有充足的時間可以製作，因此是將原有的禮服加以改造。她犧牲睡眠，在愛爾娜的協助下完成這套衣裳。她躲在婚禮會場旁的樹蔭裡開始換裝。擅長變裝的她，也學會了瞬間換裝的技術。馬甲則是已經事先穿在身上了。

葛蕾特穿著一襲純白色的禮服，從樹蔭走出來。

「…………是婚紗啊。」克勞斯低喃。

「我很想以這副打扮站在你身旁。」

那是所謂A字線條的設計。裙襬從束緊的腰部往下大大地延展散開。因為不喜歡花俏的裝飾，所以只有在胸前加上白玫瑰造型的飾品。頭上戴著銀色頭冠，垂落的面紗遮蓋住臉龐。

克勞斯立刻做出回應。

「——好極了。」

令整顆心飄飄然的幸福感遍布全身。

葛蕾特無論如何都想穿上這套婚紗，當作這次假期的回憶。雖然對拉芙塔妮亞感到很不好意思，不過特地準備好的場地沒有派上用場也實在可惜。

安妮特大概早就料到這一點了吧。雖然無論怎麼想，都猜不透她的真實想法為何。

「老大。」

葛蕾特在仿效禮拜堂的擺飾前開口。

「你要在這次的假期中做出重大決定對吧？」

「被妳看出來了啊。」

「正因為如此，我也想要在這個時間點確認老大的心意。」

克勞斯微微點頭，朝葛蕾特走來。

不久，等到他站在葛蕾特面前後，她這麼說。

「從前，我曾經向你表達過自己的愛意，而你的回應是『我無法和妳成為戀人』。所以，我接下來的問題或許只是再重新確認一遍也說不定。」

強忍住快要在激動情緒下溢出的淚水，她開口詢問。

「但儘管如此，依舊希望你能稍微改變心意的我是過於奢望了嗎……？」

九個月了。

自從葛蕾特等人打倒「屍」的協助者奧莉維亞，得知克勞斯內心想法的那一天起，已經過了這麼久的日子。葛蕾特儘管接受自己失戀的事實，但是對克勞斯的愛意卻沒有消失，依舊持續愛慕著他。

所以，她才會不知不覺起了妄執、產生慾望。

希望他能夠改變心意——希望自己的愛能夠得到回報。

「…………………………………………」

克勞斯沉默良久，遲遲沒有回答。

他緩緩地伸手觸碰自己的臉，不發一語地陷入沉思，之後又緩慢地鬆手，將視線移到葛蕾特身上。

「我想我必須誠實面對妳才行。」

他徐徐地說。

「…………有時我會感到困惑。」

「……？」

「其實我也不是不希望……有一天能夠和某位女性墜入愛河、結婚生子，建立溫暖的家庭……我偶爾也會這麼想……」

小到幾乎讓人聽不見的音量。

「——其實我也夢想有那麼一天。」

「咦…………」

他的雙眼正面凝視著葛蕾特。像是反射一般，那漆黑的眼眸映照出葛蕾特屏氣凝神的模樣。

葛蕾特從未見過克勞斯如此困惑的神情。

對他而言，葛蕾特應該是間諜團隊的部下、學生，又或者是心愛的家人——只是妹妹一般的存在。

——是什麼改變了？

——難道克勞斯的心中，產生了連他本人都想像不到的變化？

葛蕾特訝異到不由得停止呼吸。

「不行，說這種沒頭沒腦的話只會讓妳感到困擾而已。抱歉啊，我果然不擅長言詞。」

克勞斯神情愧疚地移開視線。

「只不過……擅自作了那樣的夢之後，心裡突然一陣空虛。」

「…………！」

「明明那些全部都是——幻影。」

他那彷彿已經看透的嘆息令葛蕾特好心痛。

葛蕾特當然明白。明白身為間諜的他，肩上扛著拯救國家的重責大任。他必須繼承深愛的「火焰」的使命，保護祖國到底。必須查明造成「火焰」毀滅的原因，也就是「曉闇計畫」的全貌。

無暇沉浸在愛河裡。

然後最重要的是，他——

「…………！」

想表達的話宛如奔流在心中滿溢。

——你可以儘管讓我感到困擾，然後我也想讓你覺得困擾。因為我們是一樣的。面對讓人心變得脆弱、膽怯的幻影，心情無論如何都會產生動搖。儘管一副看開地用一句「那是不可能的」一笑置之，卻還是會忍不住又伸出手來，像要尋找夢想的碎片一樣。即使那是名為困惑的情緒，還是好想永遠沉浸其中。我希望你也能沉溺在困惑之中，繼續緊抓住幻影不放。

如此狂暴的情緒在心中交織，讓她遲遲無法開口。

正當她感到焦躁不耐時，眼角餘光忽然瞥見某個異樣的物體。

「海盜船…………？」

「嗄？」克勞斯難得發出驚呼。

事情實在發生得太突然了。

毫無預警地就到來。

但是，葛蕾特確實在克勞斯身後，看見小島西南方的海面上漂著一艘海盜船。由於陽光被陰天的雲層遮掩，再加上起了白霧所以看不清楚，然而豎起三根直入雲霄的船桅、揚起黑色破爛風帆的船隻確實正緩緩移動。

無論怎麼看，那都不像是近幾年打造出來的船。是海盜船。

「！怎麼可能會有這種事情——」

克勞斯立刻轉身向後，語氣顯得十分訝異。

看來就連他也無法理解眼前的事態。

在兩人的茫然注視下，海盜船沒一會兒便消失在霧茫茫的大海中。彷彿一開始就沒有什麼海盜船似的，大海又再次恢復平靜。

「……………大概是看錯了吧。」

克勞斯一副不解地嘟噥。

這是最合理的解釋。只是經過小島附近的艦船或渡輪，在光線影響下看起來像是海盜船而已。這才是有常識的正常想法。

可是，葛蕾特卻不想承認那樣的結論。

「說不定真的有啊……！」

她直接明瞭地說。

「即使是以為是幻影的東西，說不定也真的存在於這個世界上……！」

語氣十分強硬。

淚水在激動的情緒下湧現。好想放聲大喊「真的有海盜船」。

她希望克勞斯認同自己。不想就此放棄，承認那只是幻影。

自己的戀情確實也存在開花結果的可能性。

畢竟就連兩百年前的海盜船也出現在眼前了，不是嗎？

「那才不是什麼幻影……！」

淚水模糊了視野，讓她再也看不見克勞斯的身影。葛蕾特緊抓住純白禮服，顫抖著身體，不停、不停反覆說著「那不是幻影」。

2章　海軍篇

the room is a specialized institution of mission impossible
last code garakuta

——假期第四天。

某位少女讓自己在島上聲名遠播。

那名少女忽然來到島上最高級的酒吧。

起初少女是坐在吧檯座位區，因為和老闆意氣相投，後來就被帶到店內最深處的特殊席。身穿高雅禮服，渾身散發不像是少女的成熟魅力的她，一用性感的姿態翹起腿，瞬間便吸引住店內男性顧客的目光。

深受隱約從禮服露出的大腿和雪白光滑的胸口迷惑，男性顧客們紛紛來到她這一桌向她搭訕。

但是競爭對手這麼多，兩手空空就想追求她是不可能成功的。於是男人們到島上的珠寶店購買項鍊和戒指，進貢給她。少女一邊感到開心，一邊巧妙地煽動男人們的競爭心理，讓這場鬥爭更加激烈。

店內的客人之中，也曾有男人不屑地說：「嘖！那種小女孩哪裡好啊。」

但是少女主動走到那位客人身旁，握著他的手說：「對不起，打擾到你了。」

少女微微低頭時，隱約從禮服露出的胸口。更重要的是，少女那雙美麗的眼眸。男人入迷地看了一會兒後，少女彷彿讀到男人心中的願望一般，「你對酒很了解吧？要是不嫌棄的話，可以請你教教我嗎？」像這樣巧妙地激發男人的自尊心。

於是，連原本嫌棄她的男人也一下子眉開眼笑，逐漸成為她的愛慕者。

在口耳相傳之下，許多男人開始在此流連忘返，島內最大的逆後宮於焉形成。

那樣的夜晚持續了三天三夜，少女——「夢語」緹雅高聲大笑。

她穿著別人進貢給自己的高級禮服，大步走在夜晚的街頭。

「呵，現在的我狀態絕佳！全身充滿不可思議的力量呢。」

馬紐斯島雖然是一座離島，不過海軍基地周邊的鬧區相當繁榮。不少經營者以結束一天工作的軍人為目標客群，從本國來到這裡展店。

島上以白色磚頭砌成的獨特建築物綿延超過一百公尺。在這條晚上充斥著橙色燈光的道路上，像是從本國移入、可以享用到起司和葡萄酒的店，以及使用島上新鮮食材的鐵板燒店等等，開了許多各具特色的餐飲店。

緹雅一副春風得意地在路中央展開雙臂。

「沒錯！換句話說，我的黃金時代來臨了！」

周圍聚集了一群緹雅的護花使者。他們為了盡可能和這名很懂得挑逗男人的美麗少女共度美好時光，大家團結起來擬訂計畫。

緹雅在男人們的引領下暗自竊笑。

「……我現在完全充滿自信呢。」

她小聲嘟噥，不讓周圍的人聽見。

「之前芬德聯邦的任務讓我整個人萎靡不振。事情直到我和莫妮卡一起背叛『燈火』，組成反政府組織『烽火連天』為止都很完美……可是實際上莫妮卡卻也背叛了我，讓我徹底淪為可笑的小丑。這會不會太離譜了？我居然在撂出『我才是莫妮卡的搭檔！』這種狠話的十分鐘後就遭到背叛。最後，我還在任務將近尾聲時被ＣＩＭ的人們監禁，存在感變得極度薄弱……徹底被隔絕在任務之外、閒得發慌的我，唯一的樂趣就是每天撕碎報紙，再把碎片像拼圖一樣拼湊起來。」

一回想起當時，緹雅就感到頭痛欲裂。

但是，她像要甩開記憶般「可是！」地朝夜空大喊。

「現在的我非常滿足！這才是真正的我。This is the real world！先前的那份苦難，是為了此刻而存在的試煉——」

「吵死人啦啊啊啊啊啊啊啊啊啊啊啊啊啊！」

某人冷不防從路旁如風一般現身，毆打緹雅的腹部。

緹雅在發出呻吟的同時被那人帶走，男人們完全沒有注意到她被帶到無人的小巷裡。

是莫妮卡。不知為何她怒氣沖沖。

「妳這女人！這三天來居然到處引起騷動！妳已經在這座島上成為傳說了耶！大家都在謠傳『大陸那邊來了一個黑髮魅魔』！」

「因為我在度假嘛……」

「妳也該替身為同伴的咱們想想啊！」

莫妮卡激動地大聲斥責。用兜帽遮住臉龐的她把手扠在腰上，一副不敢置信地直搖頭。

「不過莫妮卡，妳是怎麼了？為什麼會到鎮上來？」

「在下把事情辦完就會馬上回去啦。」

她雖然被當成已經死亡處理，可是身為國際恐怖分子的她，臉部照片早已散布各地，照理說她不應該來人多的地方才對。

「妳有看到莎拉嗎？在下急著想跟她借寵物一用。」

「妳說莎拉啊？她白天時曾經在這附近走動。島民們都對她很好呢。」

緹雅曾經好幾次在海軍基地周邊的鎮上見到莎拉。

雖然莫妮卡她們似乎正在追查海盜傳說，不過……

「看樣子，妳們的尋寶行動好像陷入苦戰了耶。」

「如果找的是寶藏就好了。」

「…………？」

「不用放在心上。話說回來，妳感覺過得倒是挺充實嘛。」

莫妮卡像要改變話題似的這麼說。

大馬路上，男人們正慌張地來回尋找突然消失的緹雅。

「是男女比例的問題啦。」緹雅解釋。

「嗯？」

「在這座人口不到兩千的島上，來了人數幾乎相同的軍人。然後不用說，那些軍人大多是二十多歲到五十多歲的男性。女性人數不足也是無可奈何之事。」

這便是緹雅會如此搶手的原因。

迷戀緹雅的男人多半是隸屬海軍的單身男性。女性軍人的數量很少，島上的年輕女性也不多，戀愛市場是女性占絕對優勢。

於是，緹雅便被男人們當成公主般對待了。

「——請叫我緹雅公主。」

「閉嘴啦，妳這個淫猥的魅魔！」

莫妮卡出言侮蔑後隨即離去。

◇◇◇

——假期第五天。

結束三天三夜的夜遊，緹雅在民宿裡看著面前的記事本。每晚都去不同的男人家雖然也不錯，不過因為擔心引起其他同伴的反感（雖然也覺得好像已經太遲了），於是她姑且決定每天回民宿一次。

她坐在床上眉頭緊蹙。

（行程變得好緊湊喔……）

她正在盤算要如何度過剩下的日子。

交情好的軍人向她提出各式各樣的邀約。甚至提出像是「我帶妳去只有海軍才能前往的洞窟和溫泉吧」或是「要不要搭上艦船看看？」這類一般無法體驗的遊玩行程。

緹雅一邊低吟一邊思考。

（其實我很想把其他人也找來一起大玩特玩，可是……）

那樣肯定會很開心，可是她有無法付諸實行的理由。

──「大家只能在第一天、第十三天、第十四天全員集合。」

這是假期開始之前，克勞斯訂下的謎樣規定。

因此，緹雅只能邀請數人，不能把所有人都找來。

（那麼做的意義究竟是什麼？）

不明白其中的意圖。不過，那個男人應該不會做出毫無意義的限制。

他讓少女們分開行動的原因。

（簡直就像在讓我們進行某種事前練習一樣──）

正當她在思索推理時。

「──安靜！你們給我聽好了！」

（怒吼……？）

民宿前方傳來恫嚇聲。

感覺那個聲音很耳熟，緹雅立刻下樓來到民宿前方。

緹雅入住的民宿前有一座廣場，許多島民神色不安地聚集在那裡。

廣場中央有三名男性海軍，正在大呼小叫。

「今天凌晨，梅爾薛少尉的遺體遭人發現。遺體的損壞情況相當嚴重，這件事情無疑是一起殺人事件！而我非常清楚你們這些島民對海軍心懷怨恨。」

男人以氣急敗壞的口吻說道。

「知道是誰幹的人快給我說出來！否則我就一個一個地盤問你們！」

不堪入耳的怒罵聲令緹雅眉頭深鎖。

看樣子好像發生事件了，不過他們這樣就一口咬定犯人是島民未免也太武斷。他們似乎打算在證據不足的情況下硬是逮捕犯人。

「真是亂來……」

喃喃自語的緹雅身旁站了一名男性島民。他似乎也和緹雅有相同的心情，傻眼地告訴她：

「聽說他們從今天早上開始，在各個地區都這麼做哩。」

聚集在廣場上的島民們不知所措地面面相覷，以無聲表達「就算你這麼說，我們也不知道犯人是誰」的主張。

鴉雀無聲的廣場上，唯獨男性海軍們氣得漲紅了臉。

這時，某人低聲嘀咕。

「……怎麼可能會有犯人哩，那是海盜的詛咒啦。是你們之前不肯仔細搜查所得到的報應哩。」

「喂！妳剛才說什麼？」

結果眼尖的男性海軍立刻起了反應。他橫眉豎眼、一副像要揍人地推開居民，朝一名女性走去。

「竟敢對海軍表現出反抗態度，太可疑了！我要先把妳帶走！」

實在太蠻不講理了。

可是，島民們感覺完全不敢反抗體格壯碩的軍人，沒有任何人上前袒護女性，就只是一臉同情地旁觀。

見到軍人朝自己逼近，女性害怕地哀求：「不要啊……」

「不要做無謂的抵抗！好了，給我過來——」

再也忍受不了了。

緹雅迅速走上前，擋住軍人的去路。

「——哎呀？尼古拉先生，昨晚承蒙照顧了。」

等對方停下腳步，她隨即繞到對方的身體旁。不是從正面，而是從旁邊摟住對方的手臂，用撒嬌的語氣說道。

「怎麼了？為什麼要這麼大聲說話？」

「緹、緹雅小姐？我現在正在工作——」

對方是緹雅認識的男性。見到緹雅突然抓著自己不放，他慌張到音調都變高了。

「不要這麼說嘛。你不是答應我，下次要帶我去基地玩嗎？」

為了不讓其他島民聽見，緹雅對他耳語。

「吶，現在去不行嗎？人家好想去你的房間看看喔……我可是很忙的喔？而且我再過幾天就要回國了，你真的不會後悔？」

「——！」

對方顯然嚥了好大一口口水，嘴巴還很沒出息地半開。

他一度瞪大雙眼，之後才急忙把緹雅的手從自己身上拉開。

「現、現在真的沒辦法……不過，我馬上就會把工作處理好，我們之後再聯絡。」

對著心急到加快語速的他，緹雅面帶淺笑點點頭。

那個舉動似乎又再次動搖他的心，只見他急忙低下頭來。

結果軍人們沒有進行盤問，只對居民撂下幾句警告的話，就前往下一個地區了。

雖然騷動姑且平息下來了，但是軍人的跋扈態度依舊令人不解。正當緹雅感到好奇時，正好見到一名面熟的少女快步走過。

「哎呀，拉芙塔妮亞小姐。」

她記得那人是誰，於是出聲喚了對方。

那人是葛蕾特等人入住的民宿的員工。她曾經向剛來到島上的緹雅一行人，詳細介紹島上的名勝景點。

「……嗯……嗯嗯？啊，妳是克勞斯大人的學生。」

拉芙塔妮亞雖然有一瞬間不耐煩地皺起眉頭，不過她好像馬上就想起來了。她似乎有見到緹雅剛才的表現，一臉佩服地點頭說。

「小女子剛才有從遠處看到喔。我本來還在想這個人真會玩弄男人，沒想到那人居然是克勞斯大人的學生，妳可真有一套哩。」

「這點小事對我來說輕而易舉啦。」

「小女子想順便請問一下，妳剛才在那名軍人耳邊說什麼啊？」

「他有戀鞋癖，說想要做一雙符合我腳大小的鞋子。」

「感覺那是小女子所無法理解的世界。」

拉芙塔妮亞打從心底感到不解地嘆氣。

這時，緹雅注意到她的打扮。

「拉芙塔妮亞小姐，妳身上東西好多喔。我是不是打擾到妳工作了？」

「小女子剛才去市場買完肉和蔬菜，正準備回去哩。今晚，小女子打算親自為克勞斯大人下廚。這些都是島上引以為傲的新鮮食材哩。」

拉芙塔妮亞轉過身，讓緹雅看看她背上的大背包。

緹雅面露苦笑。這名少女不知為何主張自己是「克勞斯的未婚妻」。因為她認為那十之八九只是誤會，所以不知該做何評論。

緹雅再次望向軍人離去的方向，改變話題。

「話說回來——」

她壓低音調。

「——那些人的態度好差喔。他們平時都是這樣對待島民嗎？」

她是因為想打聽這一點才叫住拉芙塔妮亞。剛才那幅景象讓她無法認同。

拉芙塔妮亞聳著肩膀回答。

「哼，島民和軍人的關係很差也不是從現在才開始哩。」

「哎呀，是嗎？」

「因為那些傢伙企圖擴大基地，所以處心積慮想把島民趕出去。在我們看來，他們會被詛咒是理所當然的事情哩。」

她煩躁地嘆口氣後，說出連續可疑死亡事件和海盜的詛咒。「每三個月，島上就會有一人慘遭無情殺害」的異常事件。目前已經有超過十人遇害，犯人至今還沒有找到。

（怎會有如此殘忍的行徑……）

淒慘的內容讓緹雅為之屏息。

光是聽到事件的概要，緹雅就不禁氣得發抖。

（而且海軍的舉動也很奇怪。世界大戰結束後，雖然幅度不大，不過萊拉特王國確實有在削減軍費支出。然而，他們卻特地在這種離島上擴大基地的理由究竟是什麼……？）

至少這和緹雅知道的有所出入。萊拉特王國的海軍預算本來就逐年遭到刪減，能夠擁有的艦船也在國際條約的規定下受到限制。

身為迪恩共和國的間諜，這不是可以視若無睹的問題。

（海軍的舉止可疑，再加上島上又發生慘劇……）

忽然間，一個點子掠過腦海。

她本來就在煩惱要如何度過這個假期。夜遊已經玩夠了。

（況且更重要的是──）

在緹雅眼前，島民們依舊對海軍感到畏怯。面對一邊大聲恫嚇、一邊在整座島上巡視的軍人，島民完全一副畏首畏尾的模樣。

她懷著湧現心中的使命感開口。

「我來採取行動，解決這起事件好了。」

「什麼？為什麼是由妳來──」

拉芙塔妮亞錯愕驚呼。

也難怪她會有這種反應了。因為在她看來，緹雅明明只是一個正在度假的觀光客，卻突然說出這種話。

但那其實只是緹雅暫時的身分。

「可是，總不能讓這起事件的犯人繼續逍遙法外吧？」

「呃，話是這麼說沒錯……」

「再說，妳不覺得我才是最適合的人選嗎？能夠闖入連島上警方也無法出手的海軍圈子的島外人士──我可是『黑髮魅魔』喔。」

緹雅把手放在自己胸口上，用舌頭濡濕嘴唇四周。

「無論身在他國還是正在度假，英雄都不會對有困難的人見死不救。」

於是，緹雅展開行動。

以解開連續可疑死亡事件之謎，解決島民與海軍之爭的調停者身分。

◇◇◇

——假期第六天。

為了展開搜查，緹雅在做好各項準備工作之後，決定借用某位成員的力量。她認為那人非常適合從事這次的搜查任務。

緹雅對白天被叫來民宿的她說明事情原委。

「事情就是這樣。莎拉，可以麻煩妳協助我嗎？」

「明白了！小妹願意幫忙。」

這次她所選擇的搭檔是莎拉。

莎拉用力點頭答應後，溫柔地撫摸一旁的老鷹和鴿子的頭。

「島上的人們都對小妹很好，還會給這些孩子飯吃、跟牠們玩。接連奪走島民性命的壞蛋不可原諒。」

這幾天，莎拉主要是和動物一起在大自然中奔跑或到鎮上散步，平靜地度過假期。她似乎過得相當充實，甚至起了向島民報恩的想法。

「太好了。難得來度假還這麼麻煩妳，真抱歉啊。」

見她乾脆地一口答應，緹雅放下心中大石。

「別這麼說，小妹很高興有人願意信賴自己。小妹才不會拒絕呢。」

緹雅對笑瞇瞇的莎拉，投以更加燦爛的笑容。

「妳當然值得信賴嘍。因為妳在上次任務中，表現得非常出色呢。」

「嗯。嘿嘿嘿，謝、謝謝誇獎。」

「我想用借用妳的力量。身為『灰燼』莫妮卡愛徒的妳，打倒了世紀恐怖分子『白蜘蛛』。現在的妳，應該已經是受到各國矚目的間諜了吧？」

「前、前輩太過獎了……！這、這次小妹也會努力的！」

「真的？妳願意全力協助我嗎？」

「是的，那當然！『草原』莎拉會充分發揮全力。」

「謝謝——那麼，妳就成為公關小姐吧。」

「是！那點小事不成問……………咦……嗯？」

莎拉口頭答應了。

之後緹雅用力抓住莎拉的雙手，不讓她逃走。

「……公關小姐…………？」

莎拉的臉瞬間慘白，不久就開始發青，渾身僵硬。

緹雅滿不在乎地大力甩開她的手，然後打開房裡的衣櫥，把事先準備好、金光閃閃的晚禮服拿給她看。

「來，我們一起前往五光十色的夜晚世界吧。妳放心，憑妳一定馬上就能賺到錢。」

「〰〰〰〰〰！」

從硬是把放聲尖叫的莎拉按倒開始，緹雅的搜查行動就此展開。

在夜總會臥底的理由當然是收集情報。

為了接待海軍的軍人們，島上蓋了設備豪華不輸本國的夜總會。據說是本國的經營者來此開設的分店。

昏暗的店內排放了好幾張U字型的沙發，以便好幾名女性一起接待造訪的男性顧客。

店內安裝了多盞間接照明，以淺藍色的燈光照亮空間。
依照緹雅的經驗，這種店是最能夠讓男人洩漏口風的地方。
她已經事先和夜總會的媽媽桑談好了。對方早已耳聞緹雅的名聲，當天就答應僱用她，並且也知道莎拉的存在。
「好了莎拉，快倒酒。對方一旦叼起香菸，就要馬上遞出打火機。菸灰缸要隨時保持乾淨狀態。只要客人彈落菸灰，就要立刻換一個新的——」
「小妹不知道啦啊啊啊啊啊啊啊！」
莎拉在那樣的店內面紅耳赤、坐立難安。
她身上穿的是白色罩衫和緊身短裙。因為覺得太花枝招展的服裝不適合她，於是選擇了比較低調的配色，但是肩膀依舊完全顯露在外，裙子也只有膝上的長度。
「小妹上當了！要是小妹一開始就知道會這樣，肯定會斷然拒絕！」
莎拉嘆道。
「嗚嗚～為什麼小妹要做這種事情……」
她坐在沙發的邊緣全身發抖，一邊在玻璃杯中放入冰塊。雖然只是把冰塊從冰桶移到杯中，她卻因為手指顫抖，失敗了好幾次。
緹雅和莎拉身旁已經坐了三名男性顧客。

他們先是被身穿黑色低胸禮服的緹雅迷得暈頭轉向，隨後望向全身僵硬的莎拉，不解地問：

「緹雅，這孩子不要緊吧？她流了好多汗耶。」

「沒事的，她只是不習慣跟男人相處而已。」

「我、我想姑且問一下，她成年了嗎？應該說，她有工作簽證嗎——」

「呵呵，不要在意那些小細節啦。」

儘管無論從法律還是倫理的角度來看都不符合規範，但因為她本來就是從事間諜活動的人，所以不需要在意那麼多。身分證明文件和工作簽證當然也都是偽造的。

緹雅像在開導似的，對男人們面露微笑。

「不過話說回來，你們不覺得這種青澀又容易慌張的新人，看久了也挺有意思嗎？」

三名男人恍然大悟地點點頭，重新望向莎拉。

莎拉依舊紅著臉，光是為了移動一個冰塊就陷入苦戰。她雖然有一瞬間用冰塊夾夾起來了，卻又馬上笨拙地讓冰塊掉落。

他們應該也立刻就察覺到了——莎拉困擾的模樣很可愛。

「莎拉！幫我倒酒！」「我也要！」「還有我！」

三名男人同時向莎拉提出要求。

突然被點名，莎拉嚇得肩膀一縮。

「是、是的。請稍等一……」

「妳喜歡什麼類型？」「妳有跟男人交往過嗎？」「初戀的回憶是什麼？」

「你、你們突然這麼問，小妹實在不知道怎麼回答……」

「擺個姿勢！」「雙手比ＹＡ！」「腰再扭多一點。感覺像要把兩邊的腋下露出來一樣。」

「咦？啊，呃……這、這樣嗎……？」

「罵我！」「打我！」「踩我！」

「這樣的要求太變態了吧？變態！好變態！」

儘管被男客人恣意玩弄，莎拉依舊努力接待客人。

她很顯然並不適合從事這份職業，然而她天生的認真性格，讓她依然很努力地不讓男客人感到不愉快。

緹雅在內心暗自竊笑。

（男人們順利解除緊張感了……）

這正是緹雅的目的。若是由太過習慣男人，而且已經聲名遠播的自己出面採取行動，有可能會讓對方產生戒心。

（好了，接下來——）

這幾個玩嗨了的軍人們，其實是和當地警方合作，負責調查這次可疑死亡事件的人。他們分別是擔任搜查小組組長的壯碩男性軍人、感覺有些懦弱的瘦弱男子，以及體型肥胖的男人。

緹雅事前就和夜總會的媽媽桑商量好，只要他們來了就把他們帶到緹雅這一桌。

「吶，我聽人家說……」

她趁三人開始有些醉意時開口。

「那起事件的犯人身分已經鎖定了，這是真的嗎？昨天你們的人一臉得意地這麼說……」

「嗯嗯？緹雅，那是謠言啦，根本不是真的。」

身為搜查組長的男人立刻做出反應。肥胖男子雖然隨即勸告：「還是不要把搜查情報告訴外人吧……」，那人卻充耳不聞。

「笨蛋！我雖然不知道那人是誰，不過他肯定是想吸引緹雅的注意才打腫臉充胖子啦。那傢伙竟敢這樣吹牛！」

人只要聽見錯誤的消息，就會忍不住想要開口澄清。

男組長對部下怒吼後，和顏悅色地轉頭對緹雅說：

「老實說，調查目前完全沒有進展。雖然這件事當然和島上發生的連續可疑死亡事件有關，可是現在依舊處於毫無線索的狀態。」

他一副煩躁地灌了好幾口酒。

「每一起事件都沒有目擊者，而且因為遺體嚴重損壞，連判定被害者身分都需要一段時間，更別說是找出加害人了……昨天發現的遺體也一樣支離破碎。從發現當下開始，我們的同事就一直在海岸進行搜索，卻到現在還有部位沒有找到。」

「……這麼說來，凶手是為了消除線索才分屍嘍？」

「確實有這種可能。不過啊，現在卻連凶手究竟是使用何種工具分屍也猜不透。至少，光靠這種小島的警察是完全束手無策，所以只能由我們來出馬了。」

「原來凶手使用了神祕工具犯案啊。」

男組長一口氣喝光杯裡的酒。

「島上有瘋狂的凶器狂。看來最糟的情況，就是只能進到每一戶島民家中搜查了。」

雖然很想勸他那麼做不太好，不過恐怕也沒有其他方法可以調查了。男組長極度憔悴的神情說明了這一點。

可是這麼下去，島民和海軍之間的隔閡只會愈來愈深。

「……說不定真的有詛咒。」

這時，先前一直默不吭聲的瘦弱軍人喃喃地說。

大概是喝得相當醉了，他的臉非常紅，而且還淚汪汪地，不時向莎拉投以撒嬌的目光。

「……島上的人不都這麼說嗎？說是因為我們想要擴大基地的關係。」

其他軍人紛紛「喂喂喂！」「怎麼連你也說那種話？」，不可置信地看著他。

瘦弱軍人沒有停止發牢騷。感覺一喝酒就會變成愛哭鬼的他果真就這麼哇哇大哭起來，並且邊說「莎拉～我好害怕喔～」邊開始糾纏莎拉。

莎拉露出困窘的表情，「總、總之先喝點水吧……」這麼安慰他。

把他交給莎拉去應付，緹雅再次望向男組長。

「話說回來，海軍為什麼想要擴大基地呢？」

「——一切都是中將的意思。」

針對這個問題，男組長倒是給了明確的回答。

「不過，不知道理由是什麼。關於他到底是怎麼跟本國說明，以及他心裡在想些什麼，這些沒有一個人知道。」

得到情報了。

——古拉尼耶中將。

他是掌管這座馬紐斯島海軍基地的負責人，自從世界大戰以來便一直坐鎮於此，是島民打從心底厭惡的對象。

「遇害的梅爾薛少尉不是很討中將喜歡嗎？他果然是被詛咒殺死的啦～」

瘦弱男人還在向莎拉撒嬌。

多數島民也都在傳言，大海盜傑卡爾為守護財寶下了海盜的詛咒。這話儘管聽來很不真實，但是島上確實每三個月就會有人慘遭殺害。

「——凡是侵犯這座島的人都會受到詛咒……」

瘦弱男人的喪氣話莫名在耳邊迴盪，久久不散。

大致取得情報之後，緹雅二人隨即結束公關小姐的工作。

兩人一同前往民宿所在的小島西側。緹雅入住的民宿雖然和莎拉不同，不過路是一樣的。她一邊按摩緊繃僵硬的肩膀，一邊走在沿海道路上。

「果然得和地位更高的人接觸才能抓住重點呢。」

「小妹已經累了……」

莎拉整個人累到筋疲力盡。她萎靡地縮著肩膀，以彎腰駝背的姿勢無力地走著。

「莎拉，說點有趣的事情吧！」

「緹雅前輩，不要連妳也對小妹提出要求啦！」

緹雅隨口鬧了她一下，結果她果然已經不肯回應了。

大概是有許多記憶閃過腦海吧，只見莎拉突然「啊啊啊啊啊啊啊！」地大叫，「小妹再也不想和緹雅前輩一起搜查了啦啊啊啊啊！」接著就往自己的民宿方向跑去。

才一眨眼的時間，莎拉便已不見人影。

「……我好像真的太為難她了。」

看來必須讓她休息一天才行。

（…………不過，搜查行動才剛開始呢。我得在假期結束前解決掉這件事。）

一面思考今後的搜查計畫，緹雅抵達了自己的民宿。

緹雅租用的是二樓的房間。和她入住同間民宿的莫妮卡、席薇亞、百合好像還沒回來。

打開門，映入眼簾的是一幅異樣的景象。

——緹雅的房間淹水了。

「……………………什麼？」

思緒停止。

無法對突如其來的狀況做出反應。

水從天花板滴落，在地板上形成大大的水窪。牆壁像是被用水桶潑過水一樣，整片濕淋淋的。床被弄翻，衣櫥也被打開，裡面的衣服濕到不停滴水。

「這——」她忍不住發出悲鳴。「這是怎麼回事？怎麼會突然……！」

完全一頭霧水。

只不過，一股刺激鼻腔的味道令她在意。她不由得掩住鼻子。

（……………海水？）

海潮味。

被潑灑在房間裡的是海水。甚至還有海藻黏在牆壁上。

——簡直就像某個從海裡爬上岸的東西，曾經在這裡大鬧一樣。

「好噁心…………這是什麼跟什麼啊…………！」

門有確實上鎖，窗戶也沒有破掉。然而室內為何會是如此慘狀？

「——難道是……詛咒……？」

想不通發生什麼事的她，只能就這樣呆站在原地。

緹雅的離島生活顯然出現了異狀。

◇◇◇

——假期第七天。

睡在其他房間的緹雅，隔天一早便開始確認現場。昨晚她實在沒有力氣那麼做了。她當然也有向民宿老闆報告這件事，但是他可能是因為年紀大的關係，就只會一臉恍神地反覆說著「是喔」，一點都不可靠。

於是她決定向其他島民求助。

「怎麼樣，拉芙塔妮亞小姐？這座島上有會弄亂房子的動物嗎？」

緹雅把熟識的拉芙塔妮亞找來幫忙。她雖然不知為何滿臉倦容，不過還是答應前來，並且在見到房間的慘狀後發出「唔喔！」的尖叫。

確認過現場之後，她遺憾地搖搖頭。

「這個嘛，山裡當然是有猴子和野豬之類的……可是小女子從沒聽說過牠們會用海水把上鎖的二樓房間弄亂。」

「這樣啊。如此說來，這肯定是人為的了。」

「有東西被偷走嗎？」

「沒有，東西都還在。」

由於貴重物品全都還在金庫裡，看來對方的目的並非竊盜。順帶一提，因為緹雅昨晚把大多數的珠寶首飾都穿戴在身上去夜總會上班，所以沒有損失。

「看樣子只能去向警方報案哩。」拉芙塔妮亞這麼說。

「這一點就交給民宿老闆決定吧。雖然我也不認為警方能夠查出什麼結果。」

拉芙塔妮亞帶著納悶的神情，打開衣櫃的抽屜。

抽屜裡的海水濺起來，潑到她臉上。她「啊！」地驚呼，一屁股跌坐在地。

「這實在……」她用沙啞的聲音嘀咕。「讓人覺得很不舒服耶。」

「我要把衣服全部扔掉。因為實在感覺怪陰森的，就算洗過我也不敢穿。」

說起來，受害程度就只有這樣。

即使收集完情報，還是教人猶如置身五里霧中。

（太令人費解了。特地把海藻和海水搬到二樓房間的用意到底是什麼？）

故意找碴也不是不可能。也許是某人因為嫉妒周旋在男人之間的緹雅才這麼做。可是不管怎麼想，把大量海水搬到二樓實在太費工夫了。

正當緹雅暗自思忖時，她注意到拉芙塔妮亞的異狀。

「……………………………………………………」

她依舊坐在地板上，表情茫然。也沒有擦掉濺在臉上的海水，就這麼僵住不動，整張臉更是慘白到毫無血色。

「拉芙塔妮亞小姐？」

「………啊，小女子沒事哩。」

拉芙塔妮亞緩緩站起身。

「小女子只是想起我母親的事情。當時，血也濺到了我臉上——」

「……母親？」

「沒什麼，請妳忘了吧………不過，這裡還真像是被海盜肆虐過哩。」

姑且不論母親的事情，緹雅倒是也有聯想到海盜。

彷彿遭到某種從海底爬上岸的東西肆虐的慘狀，讓人自然而然聯想到詛咒。海盜守護寶藏的執念。每三個月，島上就會有人慘遭殺害。

緹雅緊抿雙唇，左右搖頭。

「不，不可能會有那種不切實際的事情！」

她像在鼓舞自己似的大聲說。

「事件背後的始作俑者肯定是人。這座島上有殺人魔，對方一定是因為不想被搜查才來威脅我。」

若真如此，那麼對方打錯算盤了。

緹雅的決心反而更加堅定了。她才不是那種受人挑釁後會忍氣吞聲的女人。

◇◇◇

——假期第八天。

緹雅利用之前建立起來的人脈，採取了大膽的策略。

潛入海軍基地。

說到底，這才是最直截了當的做法。畢竟有島民說過「連續可疑死亡事件的犯人也許是海軍的軍人」，而且「連續可疑死亡事件和海軍擴大基地是否真有關聯」這個謎團也令人好奇。果然還是得直搗虎穴才行。

所幸，因為精神疲勞而暫時脫隊的莎拉也復活了。

「小、小妹再也不想做那種工作了！拜託前輩了……！」

她難為情地紅著臉，這麼向緹雅請求。

然後還有另一人，也在聽過莎拉的說明後自願前來幫忙。

「本小姐對海軍基地很感興趣！」

是安妮特。聽說可以進到一般無法進入的設施內，她的雙眼閃閃發光。

「……我聽說，妳正在幫忙籌備拉芙塔妮亞小姐的婚禮。」

「海軍基地比較有趣！」

「妳還真容易變心啊……」

總之，最後就決定由這三人一同潛入海軍基地。

她們很快就找到不在值班時間的軍人。

那是一名三十歲中段，臉長得像猴子的男性軍人。聽說他已經在這座島上任職將近五年，位階是中尉。緹雅一向他提出要求，他立刻就爽快答應。

「哎呀，真沒想到緹雅妳會來海軍基地，請務必讓我帶妳參觀。妳的兩位朋友，莎拉和安妮特也要盡量玩得開心喔～」

他眉開眼笑地帶領三人參觀海軍基地。

雖然這無疑是違反軍規的行為，不過他似乎還是很想博得緹雅的注意。緹雅一邊想著男人的那份坦率就某方面而言還挺討人喜歡，一邊走在基地裡。

海軍基地是由中央本部、運動場、宿舍、監視塔、維修工廠等眾多設施組成。緹雅想要潛入的當然是中央本部。她摟著男性軍人的手臂，撒嬌地說：「也可以去那裡看看嗎？」，他隨即回了一句「我就特別帶妳去吧」應允她。

中央本部是一棟五層樓的大型建築，總司令部等重要單位應該都位在這裡。

內部路線相當錯綜複雜。為了因應緊急時刻，「好動、好記」是軍事基地的基本原則，然而這裡卻莫名有許多轉角，房間的形狀也讓人很難看懂。

「好像迷宮喔。」安妮特喃喃地說，緹雅也有同感。

這座海軍基地果然有些不對勁。

確認這個事實之後，猴子長相的軍人忽然喘著粗氣，興奮地說。

「應、應該參觀夠了吧？緹雅，接下來要不要去我的宿舍看看？」

「說得也是。不然你先走吧，我們隨後就到。」

「咦？可是只把妳們幾個留在這裡，這樣實在……」

緹雅在沉下臉的男性軍人耳邊低語。

「人家想要做一點事前準備啦——像是內衣褲之類的。」

「啊！呃，好的。那麼，那邊有洗手間，我先出去了！」

他慌張地瞪大眼睛，之後便匆忙跑開。看來他似乎到了這個年紀，還是不習慣和女人相處。

雖然緹雅正是刻意挑選這種對象下手。

心想「之後給他一點獎勵好了」後，緹雅轉換思緒。

「莎拉、安妮特，總之我們先——」

「要去資料室對吧？我們走吧。」「本小姐記住內部配置了！」

她們同時拔腿狂奔。那位軍人已經帶她們走過通往資料室的路。

由於她們刻意挑了一個其他軍人全都出去巡邏警戒的時間段，因此一路上都沒有遇到任何人，順利地抵達三樓的資料室。門上雖然有兩道鎖，不過安妮特輕易便將鎖解開。

進入室內後立刻關上資料室的門。

裡面排放著從地板直達天花板的高大資料架。這裡聽說保管了過去和本國軍部往來的資料。

「我們要將有價值的資料一一拍照下來。最多只有十五分鐘，要在這個時間內完成工作。」

「收到。」「本小姐知道了！」

沒有時間慢慢細讀。

緹雅取出迪恩共和國的對外情報室製造的小型相機，將疑似重要的資料陸續拍下。只要將底片顯影，應該就能得知海軍的陰謀。

（擴建基地的理由應該就藏在某份資料內——）

而那說不定會成為解決神祕連續可疑死亡事件的關鍵。如此期待的她熟練地按下快門。

「本小姐找到隱藏金庫了！」

途中，安妮特移開層架，找到藏在那裡的金庫。

真是大功一件。莎拉稱讚她好厲害，安妮特則解釋：「是因為灰塵的堆積方式很奇怪。」很顯然這裡面應該藏有重要機密。

金庫內共有八本檔案。

緹雅先拿起最前面的一本，打開來看。

「————！」

那是設計圖。

恐怕是正在海軍基地製造的新道具。然而令她驚訝的是道具的形狀。

（這是什麼……？）

一旁，莎拉和安妮特也打開類似的檔案，發出「嗯？」的疑問聲。

（這不管怎麼想都不是普通兵器。應該說，這簡直就是——）

至少是緹雅所熟悉的東西。

模仿手錶的手槍。內藏炸彈，只要輸入固定的密碼就會爆炸的旅行袋。可以收納在嘴巴裡的小刀。柄的部分可以射出針來的黑色西洋傘。可以在鞋跟處收納密碼簿的細跟高跟鞋。

沒錯，那是緹雅等人也在使用的——

「用來從事間諜活動的諜報道具——看妳的表情好像很想這麼說呢。」

答案從資料室的入口傳來。

資料室的門不知何時已經開啟，門口站了一名矮小的中年男性。

大到軍服釦子幾乎要迸開彈出去的肚子。由於他本人個子很矮，因此體型就像球一樣圓滾滾。明明額頭上一根頭髮也不剩，但是鬍子卻長得很長，散發出一股不協調的氛圍。

緹雅知道他的名字。他是緹雅展開此次搜查時最先記住的人物。

「古拉尼耶中將……？」

這座海軍基地的總司令官就站在資料室的入口。

他一副好像覺得很有趣的發出哼笑，一邊摩娑自己的鬍鬚。

「我有聽到傳聞喔。原來妳就是那個『黑髮魅魔』啊。」

他以爽朗隨和的口吻這麼說。

雖然聽說他已經五十歲中段，卻感覺沒有什麼威嚴。然而，這個事實反而更給人一種毛骨悚然的感覺

（這個人是怎麼回事？）

這間資料室沒有窗戶。唯一的出口被堵住了。

緹雅只能先觀察對方的態度。

（他為何會察覺我們潛入這裡搜查……？）

他留在海軍基地這件事情可以理解，畢竟總司令官應該無法隨便離開基地。

可是，他為什麼有辦法識破移動過程中，沒有被任何人撞見的緹雅等人的行動呢？

緹雅咬住嘴唇。

（——不對，應該說，他為什麼明知道我們潛入搜查卻還獨自前來？）

如果只是要取締入侵者，只要交給部下去辦就好。

他應該是有想要瞞著部下，和緹雅等人接觸的理由。

「…………不慌不忙啊。真了不起。」

古拉尼耶中將喃喃自語。

緹雅從容地泛起微笑。

「是啊，我只是對您玉樹臨風的模樣看到入迷罷了。」

「——跟我來。但是妳們得先把檔案歸位才行。」

緹雅一頭霧水地看著他，只見他微微揚起嘴角。

「妳們不是想知道我們的祕密嗎？我會親自帶妳們參觀基地。妳們應該沒有不滿吧？」

緹雅等人跟在古拉尼耶中將身後，走在基地內。

照理說，這是即使被當成入侵者直接槍殺也不奇怪的狀況，但是對方似乎沒打算那麼做。因此她們決定不多做抵抗，順從他的話。

三人沿著有著許多彎道的海軍基地的走廊而行。

一路上沒有與人擦肩而過。古拉尼耶中將似乎刻意選擇了這樣的路線。

「我見識過妳們的本領。」

途中，他對緹雅等人予以讚賞。

「間諜強國，迪恩共和國啊。居然才短短幾天就接連迷惑我的屬下，讓他們成為妳的棋子。哎呀，真教人吃驚啊。」

他一邊摩娑自己的鬍鬚，一邊佩服地點頭。

緹雅等人是迪恩共和國的間諜一事似乎也曝光了。好奇怪。明明至少她們在來到這座島之後，基本上一直都是裝成普通觀光客。

「…………你對我們的事情還真清楚。」

緹雅定睛注視對方的背影。

古拉尼耶中將雖然沒有將視線轉向緹雅等人，卻讓人感覺沒有任何可乘之機。

「為什麼？你們負責的應該是警戒近海，諜報活動是其他部隊的工作。但那個設計圖——」

「既然是間諜，妳們何不靠自己的力量掌握情報呢？」

話硬生生地被打斷。

只能閉上嘴巴了。現在和對方起爭執似乎不是明智之舉。

莎拉從剛才就始終保持沉默，靜靜地觀察事情走向。她的額頭冒汗，不停移動目光像是在尋找出口。安妮特也同樣沉默不語。

不久，古拉尼耶中將在牆壁前方停下腳步。那裡是走廊的盡頭，沒有層架。他小心翼翼地左右張望，之後從懷中取出刀子刺入牆壁的裂縫。

牆壁發出低沉的聲響，逐漸往旁邊移開。

牆壁另一頭是一條昏暗的走廊。緹雅等人在他的催促下往前走。

「知道這裡的人，只有我的幾名部下和科學家。」

來到視野開闊的走廊盡頭後，古拉尼耶中將開口。

「——這裡是馬紐斯島海軍基地的祕密研究所。」

那是一個相當大的房間，面積可能有半個足球場那麼大。比起研究所，說是工廠還比較恰當，裡面不僅擺放多台用來加工金屬的大型機械，空氣中還飄散著塗料的氣味。

然後此時此刻，有約莫十個像是科學家的人正在忙得團團轉。

研究所的桌子上，擺著和資料室的設計圖一模一樣的間諜道具。

安妮特眼神發亮地說：「這個好厲害啊啊啊！」

「你們到底想做什麼………？」

無論怎麼想，這都像是瞞著本國暗中行動。他們究竟正在這個他人無從監視的馬紐斯島進行何種準備？

「如何？就拿一樣給現役的間諜們看看吧。」

古拉尼耶中將自豪地點點頭，朝正在工作的科學家喚了一聲「開發局長！」，可是科學家們全都沒有中斷作業。遲了一會兒，一個男人才「嗯……是！」地做出反應，急忙跑到古拉尼耶中將身旁。

「這些技術者老是沉迷於發明之中。」

中將聳了聳肩，從開發局長手中接過小金屬棒。

「比方說這個怎麼樣？這個叫『電壞石』。乍看只是普通的金屬棒，不過啟動之後——」

「哇！」

古拉尼耶中將揮動金屬棒的瞬間，莎拉和安妮特的身體頓時受到強大力量的牽引。險些就要失去平衡的她們，好不容易才站穩腳步。

古拉尼耶中將再次揮動金屬棒，關掉開關。

「如妳們所見，這是足以拉動人體的電磁石。如果將這個與刀刃結合，就會變成能夠斬斷任何東西的強大武器。遭到砍殺的人身體會四分五裂，必須花上好一段時間才能比對出身分。」

「好、好驚人的技術……！」「本小姐超感興趣的！」

莎拉和安妮特驚嘆不已。

看樣子，金屬棒是利用磁力將她們身上的腰帶吸過去。連將近三公尺外的物品都能吸引，磁力實在強大。

可是，緹雅立刻就想到其他事實，不禁戰慄。

「……連續可疑死亡事件。」

「咦？」

莎拉的反應十分錯愕。

古拉尼耶中將以沉重的表情，點頭說：「沒有錯。」

「——那起連續殺人事件，是利用從這個祕密研究所偷走的發明品犯案。」

他的話讓人頓時想通了幾件事。

島民和軍人口中，不可能以普通凶器犯案的多起殺人事件。犯人使用的，其實是在海軍基地的祕密研究所被暗中開發出來的發明品。遺體之所以會如此殘破，是因為使用了「用來損壞遺體，以拖延確認死者身分」的凶器。

古拉尼耶中將微微嘆息。

「真是的，犯人到底是如何突破保全的啊……」

這一點確實令人疑惑。就目前看來，要進入這個祕密研究所，似乎必須使用古拉尼耶中將那把刀子造型的鑰匙才能開門。

可是，眼前還有一個更加無法忽視的大疑問。

「……！你們做出這種凶器究竟有何企圖？」

「妳如果想知道，就跟我做一筆交易吧。」

古拉尼耶中將把發明品放回桌上。

「我希望妳們能幫忙逮到殺死梅爾薛少尉的犯人。沒有人比妳們更適合成為我們的間諜，去探查島民們的底細了。」

原來這就是理由啊，緹雅在內心咂舌。

就現況而言，光憑海軍要抓到犯人應該是不可能的。他們又沒有證據，大概只能繼續胡亂盤問吧。

而就在此時，中將發現緹雅等人若無其事地來到軍事基地，於是打算利用她們。

這項委託本身是沒有問題，反正緹雅本來就打算抓到犯人。但她還是不想這麼輕易答應。

「…………聽你的話有什麼好處？」

「只要妳們抓到犯人，我就說出我們的目的。身為間諜，應該沒有比這更好的條件吧？」

古拉尼耶中將泰然自若地說。

這個條件確實好到讓人沒有理由拒絕。

聽完這些話之後，暴風雨又再次降臨小島。

由於外頭下起滂沱大雨，古拉尼耶中將好心表示「妳們可以在宿舍過夜」，並幫她們調配了一間女性宿舍的房間。儘管他友善到不可思議的態度令人覺得可疑，還是只能接受他的好意。

雖然有眾多男性軍人蜂擁來到宿舍，不過幸好都被其他女性軍人趕走了。緹雅現在有好多事情必須思考，無暇應付。

她在被分配到的三人房內捏著眉心苦思。

（事情變得好棘手啊……）

沒想到居然會和海軍中將直接見面。

出乎意料的事態，讓她的心臟至今依舊狂跳不止。

（而且，那個祕密研究所恐怕——）

瞞著本國暗中開發的神祕間諜道具。感覺相當可疑。

「安妮特，妳對那個祕密研究所的發明品有什麼想法？」

「那些全是本小姐做不出來的東西！」安妮特躺在床上說。「肯定是非常厲害的道具！」

就連安妮特也對那些發明品大為稱讚。

「接下來要怎麼做呢？」

莎拉對緹雅問道。

「要就這麼成為海軍的手下，懷疑島上的人們嗎？」

「……我明白妳的心情，可是逮捕犯人這件事情並沒有錯。」

首先應該考慮的是找克勞斯商量。這是最保險的安全牌。雖然為了自己擅自插手的麻煩事找他幫忙讓人覺得過意不去，不過這的確是最恰當的處理方式。

只好明天向他坦白一切了——

風壓使得窗戶軋軋作響，不停晃動。天候似乎愈來愈差了。

從窗簾的縫隙向外望去，可以看見陰森昏暗的天色。敲打窗戶的雨聲大到感覺好吵鬧。

就在打算先喝杯茶再思考的緹雅抬頭時——房間的燈熄滅了。

「奇怪？」「哦？」

「嗯………好像停電了耶。」

也許是這陣狂暴的風勢，把哪裡的電線吹斷了吧。

但是，海軍基地應該會有用來因應緊急時刻的備用電源才對。燈應該很快就會亮了。

「呀啊啊啊啊啊啊啊啊啊啊啊啊啊啊啊啊啊啊啊！」

忽然間，走廊上傳來女性的尖叫聲。

緹雅立刻跳起來採取行動。她衝出房間，前往走廊。她接受過即使身處黑暗中也能行動自如的訓練。

走廊上，一名女性軍人全身發抖。似乎是嚇到腿軟了，她整個人癱坐在地。

「什麼啊啊！這到底是怎麼回事啊啊啊啊啊啊啊啊啊啊啊啊啊啊！」

察覺氣氛有異，緹雅接近她。

「妳還好嗎？發生什麼事了？」她立刻出聲詢問。

「不、不知道……」女性軍人流著眼淚。「好奇怪……身體動不了……大家遇見那個之後，全都……」

望向走廊，只見有無數和她一樣無法動彈的女性軍人。

緹雅立刻拿起掉在走廊上的手電筒，照亮餐廳。

餐廳裡——有無數黑影在蠢動。

某個東西像在飛一樣地快速移動。速度快到像是要躲過緹雅揮舞的手電筒的光線。可是，緹雅總算有一瞬間捕捉到了黑影。

——破爛的黑色斗篷。

把彷彿已棄置數百年，風化到破爛不堪的衣服穿在身上的人們不停蠢動。餐廳裡還飄散著一股海潮味。
簡直就像沉入海底的海盜在經過幾百年之後又復活了。
「…………！」
這是什麼啊！緹雅不禁呻吟。
她正打算用手電筒照清楚黑影的模樣時，手電筒卻突然被某樣東西擊中破掉了。看來似乎受到了某種攻擊。
（好奇怪。這究竟是——）
詭異的情況令緹雅動彈不得。其他女性軍人們也全都像被鬼壓床似的倒在地上。沒有槍。不知該如何應對才好。
這時，一名少女英勇地衝出去。
「代號『草原』——四處奔跑的時間到了！」
鴿子和小狗也追在她身後，襲向蠢動的黑影們。
莎拉手握打掃用的掃把，和動物聯合撲上前去。
「看、看我的！」

先前動作敏捷的海盜黑影們，像是感到困惑一般停了下來。
莎拉用掃把朝黑影打過去後迅速轉身，使出一記俐落的迴旋踢。
「給我滾開——————！」
可疑的黑影們急忙從餐廳的窗戶逃出去，消失在暴風雨中，之後就這麼被黑暗所籠罩。
巨大的老鷹從窗戶飛出去，打算予以追擊。
沒一會兒，大概是電力恢復了，餐廳的照明被點亮。
餐廳內只留下一片狼藉的景象。強烈的風雨從海盜般黑影離去的窗戶吹進來。
莎拉依舊握著掃把，在餐廳中央大口喘息。
「各位，妳們沒事吧？」
轉過身的她，臉上洋溢著從前的她所沒有的自信。
那副表情大大地衝擊了緹雅的心。

◇◇◇

——假期第九天。
昨晚遭到神祕黑影襲擊的女性軍人們很快便復原，沒有外傷。只不過當宿舍停電後，那群像是海盜的黑影一出現，她們就忽然變得全身無力。

——和暴風雨一同降臨、肆虐，旋即離去的海盜黑影。

雖說是軍人，不過她們似乎都很害怕超自然的存在，不停用怯懦的表情交頭接耳地討論「會不會是海盜的幽靈啊？」。安妮特倒是感覺對此很感興趣，興奮地表示「本小姐要在基地再待一會兒！」。

緹雅二人因為已經累了，決定暫時回去民宿。

暴風雨消失得無影無蹤，天空一片晴朗無雲。一面望著風平浪靜的蔚藍大海，兩人爬上前往民宿的緩坡。

「那個黑影該不會……和弄亂緹雅前輩房間的是同一人吧……？」

莎拉納悶地說。

「巴納德先生去追那個黑影了。雖然小妹覺得應該不會有事，不過牠到現在還沒回來，還是讓人感到有些不安……」

莎拉為自己的搭檔老鷹感到憂心。

一邊注視著她的背影，緹雅一邊找機會想要開啟另一個不相干的話題。

「吶，莎拉。」

「什麼事？」

「妳昨晚的身手實在了得。妳怎麼會變得這麼厲害？」
「啊，沒有啦。是因為莫妮卡前輩教過小妹在遇到緊急狀況時該如何防身。」
莎拉轉過身，一臉害臊地撫摸後腦勺。
「…………」
果然教人意外。
若是一開始在「燈火」遇見時的莎拉，她一定會慌慌張張很謙虛地否認「才、才沒有那回事呢！」。
然而，現在的莎拉卻有了能夠接受他人讚美，並且坦然地感到高興的氣度。
（——莎拉開始成長了——用比我以為還要快的速度。）
緹雅當然也知道，莎拉在芬德聯邦的任務尾聲所做出的貢獻。她大概在當時掌握了什麼吧。
緹雅暗自咬緊牙根。
見到莎拉在夜總會裡不知所措，因而心生優越感的自己實在可恥，居然做出這麼愚蠢的事情來。昨晚，莎拉在自己驚慌失措的情況下，毅然挺身對抗。
正當緹雅在思索這個事實時，莎拉臉上泛起柔和的微笑。
「小妹最近有了一個夢想。」
「嗯？」

「那就是有朝一日，『燈火』所有成員都能夠平安從間諜工作引退。為此，小妹必須擺脫膽怯的自己才行。」

莎拉凝視著大海，語氣堅定地說。

「『燈火』的守護者。這便是小妹的職責。」

「————————————————」

莎拉產生了前所未有的強烈上進心與使命感。

這無疑是件值得高興的事情。緹雅的腦袋非常清楚這一點。可是，隨即湧上心頭的怒氣卻讓她全身發熱。

「什麼跟什麼啊。」

「咦？」

「別開玩笑了……！我才不會引退。我要繼承『紅爐』小姐的遺志，將生命奉獻給間諜這份工作。少把我扯進妳的理想中。」

見到緹雅不客氣地這麼說，莎拉倒吸一口氣。

她好像完全沒料到緹雅會這麼說。她似乎絲毫沒有想到，她的夢想和緹雅的目標恰恰相反。

「對不起。說得也是喔，是小妹沒有詢問他人的意見，就自己妄下決定。」

莎拉一瞬間內疚地低下頭。

但是，她隨即又像是下定決心般抬起臉來。

「不過，唯獨這個理想，小妹並不打算讓步……！」

她一副不會輕易改變心意地緊抿雙唇。

莎拉如此強硬的態度，果真讓人感受到她的成長。過去那個畏首畏尾、不敢表達意見的她已不復存在。

緹雅雖然憤怒，卻沒有感到不快。

反而覺得這樣正好——緹雅的競爭意識熊熊燃燒。

「我就告訴妳我的目標吧。」

緹雅直視著她的雙眼。

那是她至今不曾向同伴透露的野心。

「——我總有一天要當上『燈火』的老大。率領妳們，成為拯救世界的英雄。」

憧憬的對象——「紅爐」費洛妮卡。

那是緹雅的目標，也是她想要達成的理想。

總有一天，她要從克勞斯手中搶走老大的位子。雖然不知道要花上多少年，但是她決定要成為老大，率領「燈火」的少女們和世界對抗。

儘管感到抱歉，然而她並不打算讓「燈火」的同伴輕易引退。因為她們是緹雅所信賴的重要夥伴。

所以，她的理想和莎拉的理想完全相反。

可是無所謂。因為意見分歧對團隊而言是必要的。

「莎拉，我就承認妳是我的競爭對手吧。」

「……樂意之至。」

莎拉也沒有退縮，定睛回望緹雅。雖然她額頭上冒出了汗水，不過那副模樣還挺討人喜歡。

緹雅露出淺笑，輕拍莎拉的手臂緩解緊張感。

「呵呵，這下我的競爭對手就有四個人了。繼莫妮卡、葛蕾特、法爾瑪小姐之後，妳是第四人。」

「好、好豪華的陣容啊。」

「……不過嘛，我想莫妮卡大概完全沒有把我放在眼裡吧。」

「唔，是嗎……事情說不定不是前輩想的那樣喔……」

「咦？真的嗎？」

「啊，沒有啦，小妹什麼都不知道。這純粹只是小妹的直覺啦。」

「嗯，謝謝。多虧有妳，我總算下定決心了。」

緹雅在海風的吹拂下瞇起雙眼。

「——我們兩人一起為發生在這座島上的整起事件做出了結吧。」

莎拉堅定地點頭答「是」，回應緹雅的提議。

果然不能拿這點程度的小事去麻煩克勞斯。不久將成為「燈火」老大的人，不能如此依賴他人。

◇◇◇

——假期第十天。

緹雅在信紙上寫下「我知道你做了什麼」，送給了目標人物。

約對方在假期第一天去過的坎斐瑟海灘見面。

因為覺得應該要盡量避人耳目，於是約在晚上八點集合。

當夜幕開始籠罩海灘時，她約見面的對象——拉芙塔妮亞出現了。

「妳突然把小女子找出來有什麼事？小女子明天早上還得去買婚禮的食材耶。」

她一副像從工作的民宿半途偷溜出來似的，穿著輕便的襯衫和五分褲前來赴約，一臉不滿地看著在此等候的緹雅二人。

緹雅從海灘走了一小段路，將她引導到更能掩人耳目的岩石區。為了避免拉芙塔妮亞逃走，莎拉緊張兮兮地從後方監視她。

抵達被巨大岩石包圍的地點後，緹雅立刻採取行動。

如果是這裡，即使從海灘旁的道路也看不見。

「我們就直接開始吧。」

緹雅抓住拉芙塔妮亞的手臂。

「代號『夢語』——迷惑摧毀的時間到了。」

她一邊讓拉芙塔妮亞失去平衡，一邊將她壓向岩壁。

拉芙塔妮亞慌張地驚呼：「什、什麼啊啊啊啊？」，然而行動卻遭到強硬封鎖，被迫在極近距離下和緹雅互望。

不一會兒，拉芙塔妮亞扭動身子，撞開緹雅的身體。

「妳、妳突然這是做什麼——」

「拉芙塔妮亞小姐，關於那起可疑死亡事件，我有話想問妳。」

這麼一來，事前準備就完成了。

昨天緹雅和莎拉從海軍基地回到民宿後，互相比對她們聽聞到的情報，持續整理連續可疑死亡事件的脈絡。

最後浮現出來的是——一名少女的怪異舉止。

緹雅調整呼吸，重新緊盯著眼前的少女。

「拉芙塔妮亞小姐，我跟妳說，聽說梅爾薛少尉的遺體到現在還有部分沒被找到喔。」

「啥？」

「這是當然的啦，畢竟遺體都被剁碎扔進海裡了，就算少了哪個部位也不奇怪。可是，犯人究竟為什麼要特地那樣對待遺體呢？」

接著，緹雅用溫柔的語氣詢問：「妳知道嗎？」，結果拉芙塔妮亞滿臉不悅地瞪著她：

「……那種事情小女子怎麼會知道。」

「是因為用途不符喔。」

緹雅說明。

「被從研究所偷走的，確實是間諜用來暗殺的道具。可是呢，犯人使用的卻是用來拖延確認死者身分的凶器。」

這是那個祕密研究所開發出來的「電壞石」的概念。

其他連續可疑死亡事件所使用的凶器恐怕也都相同。每具遺體都因為嚴重受損，需要一段時間才能夠判別身分。如果是在島上，將遺體和失蹤者進行比對或許很容易，但若是發生在都市，要判別身分就得花費許多工夫了。

可是，這次使用的凶器也有某項缺點。

「這個道具不適用於需要搬運遺體的情況。」

「什麼？」

「一旦把遺體剁得太細碎，收集肉片時就會很辛苦。如果想將遺體扔進海裡，就應該使用其他道具才對。」

這話聽起來雖然不太舒服，但若是想要搬運遺體，就應該頂多只砍斷頭部和四肢就好。

——梅爾薛少尉遭殺害時，「電壞石」被運用在和本來不同的用途上。

於是緹雅二人心想。

假如使用在其他用途上，可能會出現什麼麻煩？

「犯人可能會因為犯案當晚沒注意到，結果隔天早上在殺人現場發現沒有處理乾淨的肉片吧。」

若真如此，犯人想必一定非常慌張。

事件恐怕是在有可能鎖定嫌犯身分的地點發生，所以才需要將遺體扔進海裡。倘若有肉片殘留，就必須立刻處理掉才行。

緹雅語帶譴責地說。

「梅爾薛少尉死亡的隔天早上，妳搬運的究竟是什麼東西？」

「————！」

緹雅在假期第五天的早上，遇見了拉芙塔妮亞。那一天是梅爾薛少尉遇害，軍人們展開強硬搜查的日子。

「當、當時小女子不是說了嗎？」

拉芙塔妮亞高聲替自己辯解。

「是小女子在市場買的肉和蔬菜哩。因為小女子想請克勞斯大人品嘗島上的新鮮食材。」

「妳騙人。妳搬運的其實是梅爾薛少尉的肉片。」

緹雅斬釘截鐵地說。

她刻意不表明有何根據，先窺探拉芙塔妮亞的反應。她顯然十分驚慌。

「妳想必一定為了怎麼處理很傷腦筋。妳本來是想扔進海裡對吧？可是因為早上軍人還在海岸一帶進行調查，所以妳就放棄了。」

緹雅在夜總會得知，大批軍人一早就在海邊搜索的消息。

拉芙塔妮亞恐怕因此放棄將肉片扔進海裡。可是，她又非得立刻脫手不可。掩埋有被人挖出來的風險。

於是，她想出一個最惡劣的手段。

「——最後妳決定把肉片做成漢堡排，招待客人。」

「妳、妳說這種話未免太武斷了！」

拉芙塔妮亞紅著臉，大聲抗議。

「小女子有什麼理由要那麼做——！」

「我聽莎拉說了。那一天，妳本來打算招待客人吃『熟成肉漢堡排』。」

就某方面而言，這是完美的遺體處理手法。無論燒掉或掩埋，最後都還是會有物體殘留下來。但如果是進了別人的胃，就不可能找得到了。

所幸聽說最後料理全被扔掉，沒有任何人吃下肚。

但是問題在於，拉芙塔妮亞將其偽裝成「熟成肉」這一點。

「妳為什麼要撒這種謊？妳之所以一早特地去買新鮮的肉回來謊稱是『熟成肉』，背後的原因是為了消除人肉的異樣感對吧？」

她恐怕是因為在從市場回來的路上突然被搭話，才會不小心對緹雅說了實話。然而她後來卻對莎拉等人說謊，犯下這項致命的錯誤。

緹雅繼續緊迫盯人地追問。

「殺死梅爾薛少尉的人是妳吧？」

「……………………………！」

拉芙塔妮亞的表情顯然變了。她果然不擅長說謊。

儘管她還有很大的餘地可以抵賴，但是緹雅的虛張聲勢似乎見效了。只見她雙肩顫抖，臉上明顯流露出憤怒的神情。

「為什麼……！」她放聲大喊。「那個男人被人殺死是應該的……！為什麼非得追究小女子的罪責——」

「這麼說來，妳承認自己的過錯了。」

「————！」

「我明白，妳也有值得同情的理由。只不過我還是想要弄清楚真偽。」

緹雅壓抑住情緒，用平淡的口吻繼續盤問。

現在應該做的不是譴責她，而是追究清楚事件的真相。

拉芙塔妮亞原先一副氣勢洶洶、想要撲上來揪住緹雅的模樣，如今卻看似慚愧地後退一步。

不久，她勉強擠出聲音說：「……妳又沒有決定性的證據。」

「看來妳恢復冷靜了呢。」

雖然不甘心，不過她說的一點都沒錯。這樣就想定她的罪實在過於牽強。

當然，緹雅已經利用特技看穿她的真實想法。對海軍的強烈憎惡，以及一抹罪惡感。而且從剛才的反應來看，她也幾乎等同有罪。

「反過來說，接下來我也只要掌握決定性證據就好。雖然我自己是興致缺缺，不過……」

緹雅簡短地下達指示。

「莎拉，妳去搜查她家，我想那個凶器應該還在。只要上面有指紋殘留，她就沒法再——」

正當她準備說出抵賴二字時。

「……沒用哩。」

拉芙塔妮亞低聲嘟囔。

緹雅吃驚地倒吸一口氣，結果就見到兩眼黯淡無光的拉芙塔妮亞露出淺笑。

「小女子已經把凶器——交給葛蕾特了。」

「「…………！」」

緹雅和莎拉同時打了寒顫。

面對如此荒唐的舉動，緹雅忍不住一把揪住她的前襟。

「妳該不會……」

「小女子當然有把自己的指紋全部擦拭乾淨喔。況且島上的警察是站在島民這一邊的，比起不過是觀光客的妳們的證詞，他們想必更重視小女子的證詞哩。」

拉芙塔妮亞篤定地說。

「妳們要是敢把小女子交給警方——小女子就將殺人罪嫁禍給葛蕾特……！」

緹雅動手打了她。

右手一時克制不住動了起來。

「緹雅前輩……！」一旁的莎拉出聲勸諫。

拉芙塔妮亞捂著被打的臉頰，神情愉悅地點頭。

「很好，有了遭到毆打的痕跡，這下小女子更能扮演楚楚可憐的女人哩。我就當成是被軍人毆打，藉此吸引克勞斯大人的注意吧。」

「妳這傢伙……」

「小女子一定要離開這裡……！小女子要和克勞斯大人結婚，離開這座島！與其在這座腐敗至極的島上死去，小女子寧可多挨幾次揍……！」

她淚流滿面地強力控訴。

看樣子，她甚至已經做好離開這裡的準備了。無論那是多麼粗糙的計畫，她的行為本身依舊令人煩躁。

「妳真是太亂來了……！」

緹雅咬牙切齒地說。

「我的確很同情妳的遭遇，可是妳用海水潑灑我的房間，還穿上海盜一般的服裝襲擊海軍宿舍。不管怎麼想，那樣都——」

「嗄？妳在說什麼啊？」

「咦……」

「——小女子什麼都不知道哩。」

拉芙塔妮亞偏著頭，一臉呆愣。看起來不像在演戲。她沒有能夠在這種狀況下蒙混過去的技術。她一副打從心底感到不可思議地張著嘴巴。

這次輪到緹雅吃驚了。

緹雅一直以為那些也是她的犯行。雖然不知道她利用了何種人脈，但她那麼做恐怕是為了要阻止緹雅搜查——

「不是妳做的……？不會吧……」

聽了錯愕的緹雅如此反問，拉芙塔妮亞的嘴角醜陋地扭曲。

她簡直就像以緹雅二人的驚慌為樂一般笑出聲來。她抱著狂喜顫抖的身體，發出「啊啊！」的呼聲，仰望天空。

「妳們終於能夠體會小女子的感受了……！」

她一臉舒暢地按住漸漸腫脹的臉頰，雙眼含淚大聲吶喊。

「詛咒果真存在！被詛咒吧……！所有人都被大海盜的怨念詛咒殺死吧！」

面對她激昂的吼聲，緹雅和莎拉完全無言以對。

◇◇◇

——假期第十一天，緹雅二人選擇了休養。

她們坐在民宿附近的咖啡店的露天座位區，品嘗現榨果汁。莎拉正在餵食寵物們島民送的牛肉乾。

一邊聽著不遠處傳來的海浪聲，時間就這樣慢慢流逝。

莎拉喃喃地開口：

「拉芙塔妮亞小姐的事情要怎麼辦啊？」

「還能怎麼辦？也只能放著不管了啊。反正克勞斯老師不可能會被她騙，之後就看海軍中將要做何判斷了。」

結果後來她們也只能放了拉芙塔妮亞。

約定的內容本來就是如此。假如緹雅憑自己的力量逮捕拉芙塔妮亞，然後隨便找個海軍把她交出去，祕密研究所的事情有可能會曝光。海軍中將應該遲早會暗地將拉芙塔妮亞抓起來。

無論如何，拉芙塔妮亞最終都無路可逃。在前方等待她的只有毀滅。

緹雅嘆了口氣，這時，她看見一名熟悉的少女走在咖啡店前方的路上。

「嗯，安妮特前輩……？」

莎拉起了反應。

安妮特右手拿著筆記本、左手握著鉛筆，正走在馬路上。她嘴裡好像在嘀咕些什麼，但是因為有段距離所以聽不見內容。

莎拉一出聲，安妮特隨即朝這邊瞥了一眼。

「現在是進行重大研究的時間！本小姐正在打聽調查這一帶的海流，請不要妨礙本小姐！」

「小妹要給妳甜點啦。」

「本小姐要吃！」

安妮特跑到莎拉二人所在的咖啡店，將兩片餅乾扔進嘴裡後立刻掉頭離去。

來去匆匆宛如一場暴風雨。

「安妮特好像過得很充實耶。」

「就是啊。不過，小妹總感覺她跟平時不太一樣……」

「……咦？哪裡不一樣？」

「她看起來好像很著急。」

緹雅歪著頭，完全無法理解。

過了沒多久，海軍的人帶了一封信來拜訪正在休息的兩人。那人簡短地說了一句「這是古拉尼耶中將的來信」隨即離開。

「嗯，約好時間了。」

信裡寫著隔天造訪海軍基地的時間。

屆時只要向古拉尼耶中將報告一切，事情應該就能暫時告一段落。

◇◇◇

——假期第十二天。

傍晚時分，她們通過指定的祕密路線，前往海軍基地的總司令室。

那個房間位於基地的中央本部的最頂層，可以遠眺這座島四周的海域。海面在太陽開始緩緩西沉時開始起霧。

房間裡只有古拉尼耶中將、緹雅和莎拉。

古拉尼耶中將和緹雅二人隔桌相對，一邊撫摸自己肥胖的肚子，一邊高興地對著二人笑。

「好了，迪恩共和國的間諜們，妳們找到海軍的仇人了嗎？」

「嗯，我已經搞懂一切了。就連侵蝕這座島的病理也是。」

聽了緹雅的話，古拉尼耶中將挑起單邊眉毛。

緹雅不理會對方狐疑的態度，直截了當地說：

「連續可疑死亡事件的犯人。殺人魔的真實身分是梅爾薛少尉對吧？」

「…………」

古拉尼耶中將面不改色。

——被拉芙塔妮亞殺死的男性海軍。

緹雅推導出來的答案，是他才是讓島上的人離奇死亡的殺人魔。

「前提完全錯了。所有人都以為梅爾薛少尉是遭到殺人魔攻擊，可是真相卻恰恰相反。殺人魔是梅爾薛少尉才對。」

「…………哦，原來如此。」

「『哦』什麼啦。你其實早就知道了吧？」

緹雅狠狠瞪著態度一副「此事與我無關」的中將。

「祕密研究所開發局長——那是梅爾薛少尉的祕密頭銜對吧？」

既然他已經死了，那麼或許應該加上「前」這個字才對。

緹雅會這麼推測的理由有三。一是要從那個研究所偷走發明品，果然還是需要有內部人士的協助。二是根據得到的證詞，梅爾薛少尉很討古拉尼耶中將喜歡。三是之前拜訪祕密研究所時，被喚作「開發局長」的男人反應遲鈍。他大概才被任命沒幾天吧。

只要冷靜思考，很快就能得出這個答案。

「被妳識破了啊。」

中將深感佩服地露出淺笑。

「那個男人雖然優秀，卻嚴重欠缺倫理觀念。他的個性是非得實際測試自己的發明品，否則絕不罷休。所謂的科學家實在教人無法理解。」

「沒有阻止他的你也一樣有罪！」

緹雅大聲怒吼。

被說是海盜詛咒的連續可疑死亡事件——其背後真相，其實是梅爾薛開發局長的實驗。

他大概是拿島民和觀光客，測試自己開發出來的道具能否運用在實戰中吧。至今已有超過十人遭到梅爾薛少尉殺害。

一想到這齣慘劇的被害者們，內心就感到激憤難平。

緹雅聽莎拉說了。三年前，拉芙塔妮亞的母親也因不明原因離奇死亡。

「殺死梅爾薛少尉的犯人的動機是——復仇。」

她回想拉芙塔妮亞悲痛的表情，強力控訴。

「我是不曉得那天晚上發生了什麼事。不過，那孩子給了殺死自己母親的犯人致命一擊！至於她為何行凶，你應該很清楚吧？」

緹雅忍不住探身向前。

「是因為你刻意隱蔽，導致可疑死亡事件沒有在這座島上被好好搜查！」

具體的事發經過不明。不過，拉芙塔妮亞顯然因為某種原因，得知梅爾薛少尉正是殺害自己母親的殺人魔，於是她搶走發明品，反過來殺死了他。

對一名普通少女而言，這是一個多麼沉重的決定啊。

據莎拉所言，她似乎也是母親遺體的第一發現者。她在緹雅被弄亂的房間裡，會因為海水濺到臉上而露出那麼膽怯的神情，恐怕是因為想起當時的事件吧。

——希望替遇害的母親復仇，然後和克勞斯結為夫妻、離開這座島的少女。

緹雅實在無法討厭拉芙塔妮亞的那份決心。

「妳可真是勇敢。」

古拉尼耶中將臉上依舊掛著淺笑。

「這就是迪恩共和國的間諜啊，果真不賴。」

緹雅深深地坐在沙發上，翹起腿來。

「……我不想再陪你故弄玄虛下去了。」

「嗯？」

「你八成有在和『燎火』克勞斯暗中聯繫吧？就算跟老師有往來，也少在我面前擺架子。」

關於這個謎，緹雅也很快就想通了。

古拉尼耶中將太信任緹雅二人了。他非但沒有對潛入基地的她們處刑，就連此刻也在沒有部下護衛的狀況下和她們交談。

再說，克勞斯過去也曾經來過這座島。

「完全正確。我和他這幾天一直有在碰面，因為我和他從『火焰』時代就認識了。而且我也已經聽說妳們的事情。」

古拉尼耶中將承認得非常乾脆。

當初決定來馬紐斯島度假的人是克勞斯。此次假期的目的之一，恐怕就是和他見面吧。

「……你的目的是什麼？你要是不說，我就不告訴你犯人是誰。」

緹雅說出存在心中已久的疑問。

——持續在海軍基地暗中開發間諜道具的用意。

——甚至默認玩弄島民性命的實驗的理由。

「是政變。」

聽了古拉尼耶中將的回答，莎拉「咦……！」地發出驚呼。

但是，這個答案和緹雅猜想的一樣。克勞斯身為迪恩共和國的間諜，與萊拉特王國的海軍中將交情甚篤的理由並不多。

古拉尼耶中將企圖動搖萊拉特王國的根基。克勞斯則認為那一點和迪恩共和國的利益相符，於是予以支援。

古拉尼耶中將開口向面色鐵青的莎拉說明。

「妳們想必應該知道吧？——知道萊拉特王國的實情。」

緹雅和莎拉點頭回應。

間諜培育學校有教導她們大略的知識。

「——民主革命失敗的國家。」

緹雅回答。

「一個世紀前，在無數西央諸國爆發民主革命，君主制度、貴族制度被迫廢除的情況下，唯獨萊拉特王國最後是以失敗告終。形式上雖然是君主立憲制，實際上卻和君主專制的時代毫無分別。部分貴族榨取民膏民脂，不斷從人民身上掠奪自由。」

這便是鄰國萊拉特王國的真相。

就連歷史上王權強大的芬德聯邦也改採君主立憲制，如今王族變成只是一種象徵。他們引進一般的選舉制度，由獲選的議員從事政治活動。

然而萊拉特王國不同。

——專屬於貴族，由貴族主導，只圖利貴族的政治。

這一百年間儘管也曾發生過好幾次大規模的民主運動，然而最後卻都被王國軍和治安部隊擊潰了。幾千、幾萬名政治運動家被送上斷頭台處死，血染首都的廣場。

迪恩共和國和加爾迦多帝國完成的民主化，並未在這個國家實現。

「我要顛覆這個王國。為此我耗費多年的時間，不停地進行準備。」

那具肥胖的身軀裡，似乎暗藏著那份野心。

大義的火焰在他眼中熊熊燃燒。

「為了維持部分貴族的生活，人民成了犧牲品。貴族們利用過高的遺產稅奪取人民的財產，將搶來的金錢投入戰爭，公共衛生什麼的都被擺在第二位。只要有人對飢荒、傳染病蔓延的慘狀提出異議就會立刻被抓起來，然後送上斷頭台處死。世上還有比這更無可救藥的國家嗎？」

「……！我明白你的主張。」

為了不輸給對方的氣勢，緹雅也大聲地說。

「但是！再怎麼樣也不該犧牲島民——」

「不使出骯髒手段是無法成功發動政變的。即使會下地獄，我也有非完成不可的使命！」

面對他頑強的意志，緹雅只能噤聲不語。

古拉尼耶中將明知自己有罪，依舊決定朝著地獄之路邁進。只是來度假的小女孩不可能勸得動他。

可是，一想到拉芙塔妮亞那些島民們的生活，緹雅的心就好痛。

「……你為什麼要擴大海軍基地？」

她決定提出下一個問題。

「既然你打算在本國發動政變，那就安分行事，何必節外生枝呢？」

「是為了找出某樣東西。島民會妨礙我們進行搜索。」

古拉尼耶中將重重嘆息。

「找出什麼東西？」反問之後，古拉尼耶中將先是以「發動政變需要龐大資金」作為開場白，接著說出令人意想不到的話。

「——是大海盜傑卡爾的財寶。」

「「…………什麼？」」

緹雅忍不住和莎拉同時發出錯愕的驚呼。

但是，他的眼神非常認真，看起來不像在開玩笑。

「傑卡爾的財寶價值據說足以匹敵國家預算。要是有那麼多錢，應該就能獲得芬德聯邦或穆札亞合眾國的協助了。」

莎拉一副不敢置信地說：「你、你是認真的嗎？」。真是失禮。

「那當然。」

古拉尼耶中將表現出絲毫不引以為恥的態度。

「我們已經找到好幾個具有可信度的傳說，而這正是讓政變成功的關鍵。我們要在祕密研究所開發道具和兵器，然後利用傑卡爾的財寶將本國——」

話語就此中斷。

因為感覺像是地震的搖晃忽然侵襲司令室。

幾乎同一時間，轟隆巨響傳來。那是宛如劃破空氣的聲音。

司令室的部分層架倒塌，玻璃和資料散落一地。緹雅和莎拉發出尖叫，立刻躲到桌子底下。

古拉尼耶中將也急忙護住頭部，不過當震動一停止他立刻就站起身。

「剛才的震動是怎麼回事——？」

突然間，司令室的擴音器作響，傳出軍人慌張的說話聲。

『總司令！基地遭到某人砲擊了……！』

「你、你說什麼——？」

『國籍不明的中型船隻正在接近中……！』

古拉尼耶中將抓起掛在牆上的望遠鏡，靠近窗戶。

緹雅和莎拉也從桌子底下爬出來，抓起其他望遠鏡，注視窗外。

愈發濃重的霧氣讓人幾乎看不清前方，但是確實可以隱約看見海上有一個巨大的黑色船影。

謎樣船隻漂浮在距離這座島不到一百公尺的位置。

「那是……」

看起來像是古老的貨船。三根船桅。破爛的黑色風帆飄揚。然而在船的側面卻可以見到無數砲門，散發出一股肅殺之氣。

船頭裝設了宛如惡魔、令人毛骨悚然的裝飾。那是令見者無不戰慄的大海盜的象徵。

那句話不知是出自三人中的誰之口。

「傑卡爾的海盜船…………！」

傳說中的海盜船出現在海軍基地前方。

「不、不可能！」「太荒唐了……！」

古拉尼耶中將和莎拉直打哆嗦，一副不敢相信的模樣。但是，無論揉多少次眼睛，那艘船依舊沒有從視野中消失。

緹雅臉色發白，失手讓望遠鏡掉在地上。

眼前的景象讓她領悟到了。

原來到頭來，自己根本沒有解開謎團。無論是自己的房間突然被潑灑海水一事，還是在海軍基地見到的不明黑影，她什麼都不知道。

她回想起拉芙塔妮亞悲鳴般的那番話。

「是詛咒……！」

她雙腿一軟，跪在地板上。視野逐漸被恐懼的淚水所占據。

只能承認了。不管再怎麼否定，超越緹雅理智的存在依舊在眼前。除了對方是來攻擊企圖取得海盜財寶的貪婪海軍外，無法做其他聯想。

「是海盜的詛咒！我們所有人都要在這裡被殺死了——！」

緹雅只能歇斯底里地尖叫，為自己的過錯懊悔不已。

3章　海盜篇

——假期第四天。

到島上的洞窟探險的百合、席維、莫妮卡三人有了重大發現。

「找到了耶………」

百合將嘴巴張成大大的O字形，喃喃地說。

站在兩旁的席薇亞、莫妮卡也揉揉眼睛，不敢相信眼前的現實。

「呃，怎麼可能……」

「不會吧……？」

三人將手電筒的光線照向她們發現的東西。

她們全員都穿戴洞窟探險用的裝備。止滑效果佳的登山鞋，用來保護肌膚的緊身褲，保暖用的登山服。背上的大後背包裡，則裝滿糧食、繩梯等探險工具。

這一天，她們一整天都在探索小島的海岸。她們找到不存在地圖上、和大海相連的大洞窟後迅速往裡面走去，結果來到一個像湖一樣的開闊空間，接著突然就見到那個異樣的物體。

那是所謂的卡拉克船，是一種非常巨大的帆船。外型圓潤的船體前端，惡魔造型的船頭向前突出。側面附著了無數藤壺和青苔，訴說著這兩百年來的歷史。

三人同時大喊：

「「「是海盜船啊啊啊啊啊啊啊啊啊啊啊啊啊啊啊啊！」」」

聲音響徹昏暗的洞窟，沉睡的蝙蝠振翅飛翔。

沒錯，假期才來到第四天，她們便輕易找到了海盜船。

◇◇◇

其實原本誰也沒想到會找到海盜船。

——去據說存在於島上的好幾個洞窟探險看看吧。要是因此發現海盜的祕寶應該會很有趣～

大概就只是這種程度的好奇心。

假期第一天的晚上，從拉芙塔妮亞口中聽說海盜傳說的她們在民宿開作戰會議時，也是抱持著這樣的心態。

席薇亞面露奸笑，用手肘戳了戳莫妮卡。

「話說回來，真教人意外耶，沒想到莫妮卡居然會陪我們尋寶。」

「是嗎？尋寶很有趣啊。」

莫尼卡微微聳肩。

「畢竟現在的在下既不能拋頭露面，傷勢也還沒完全康復，再說也總不能整個假期都在海裡玩吧。」

她在先前的任務中被冠上國際恐怖分子的汙名，臉部照片也散布各地。雖然她在文件上已經死亡，但是基於某些因素還是無法高調行事。

「不過，等在下覺得膩了就會放棄啦。總之，要先從打聽消息開始嗎？」

聽了這個提議，盯著地圖看的百合點頭。

「好，我們就從收集島上的傳說，沿著海岸搜索開始吧！」

「也對。要是找到特別好奇的洞窟就進去看看吧。」

「這樣的話，也得買齊裝備才行呢。不曉得島上的商店有沒有賣？」

「…………………………」

見到百合和莫妮卡交談得如此融洽，席薇亞雖然感到不解，卻也沒有刻意追問，而是「若是找到寶藏要怎麼辦？」像這樣開啟話題。

在如此輕鬆的氣氛下展開的洞窟探險。
真的任誰都沒想到會發現大海盜傑卡爾的海盜船。

◇◇◇

三人再次仰望找到的海盜船，愣愣地張大嘴巴。
「沒想到居然能夠親眼見到海盜船……」
「就是啊～而且超輕易就找到了。這真的是傳說中的海盜船嗎？」
百合和席薇亞交抱雙臂，臉上露出不敢置信的表情。
太輕易就找到反而令人覺得困惑。她們只是沿著地圖上所沒有的巨大洞窟前行，結果一下就抵達這裡。這裡從百合等人入住的民宿沿著海岸步行，只需花費三十幾分鐘，非常靠近住宅區。
既然如此，其他島民應該也已經發現了才對——
「是前天的土石流。」
「嗯？」
莫妮卡用手電筒照亮洞窟的牆面。
「這艘船原本位於完全與外界隔離的地點。必須避開幾十個致命陷阱、解開機關，接著讓機關啟動才能夠出航——可是那些機關全都被前天的土石流破壞，結果船就被沖到這個和海相連的洞窟湖裡了。」

「喔，原來如此。我們好幸運喔～」

洞窟裡，確實可以見到土石剛坍塌不久的痕跡和壞掉的齒輪。看樣子，是因為原本守護這艘海盜船的牆壁毀損，船才被沖到洞窟湖裡，並且在差一點就要被沖進海裡時，因為被牆壁卡住而停下來。

換句話說，眼前無疑是未經發現的海盜船。

百合清了清嗓子，仰望眼前的船。

「那麼，就讓我再說一次——」

百合和席薇亞大大地吸了一口氣。

「是海盜船啊啊啊啊啊啊啊啊啊啊啊啊啊啊啊！」

「上船吧啊啊啊啊啊啊啊啊啊啊啊啊啊啊啊！」

兩人扔下後背包，在海盜船四周蹦蹦跳跳。出乎意料的大發現讓兩人發出「喔耶！」、「要怎麼上去啊？」的吶喊聲，在海盜船周圍不停繞圈子。

高興得就像收到玩具的孩子一樣。

「……真受不了妳們，嗨得像個傻瓜似的。」

莫妮卡傻眼地聳著肩膀說。

用手拍打海盜船船側的席薇亞「嗄？」地皺起臉來。

「什麼嘛，瞧妳裝模作樣的。妳難道不興奮嗎？」

「啥？妳那是什麼蠢問題。」

莫妮卡大大地吸了一口氣後，瞪大雙眼。

「——在下當然也很興奮啊啊啊啊啊啊啊啊啊啊啊！」

莫妮卡拋下平時冷酷的態度，突然拔腿衝刺。

她找到一面有坡度的洞窟牆壁後衝上去，從牆面跳到甲板上。

「在下是最先上船的人！」「啊，好奸詐！」「那是百合我的工作耶！」

所有人都沿著洞窟的牆面，跳上甲板。

即刻在傳說中的海盜船上展開冒險。

來到甲板上，首先映入眼簾的是三根感覺不像有兩百年歷史的堅固船桅。

「好氣派的船桅！完全沒有折斷耶。」

「保存狀態比想像中來得好呢，感覺隨時都可以出航。」

「這應該是世紀大發現吧…………？」

接著，她們進到海盜船內。通往船艙的門雖然已經腐朽，不過仍需用盡全力才打得開。她們用比平常大上五成的音量大聲喧囂，藉著手電筒的光線探索內部。

看起來像是船長室的寬敞房間中央擺了張氣派的椅子，某樣東西坐在上面。

「骸、骸骨！」

「是、是真的骸骨耶……莫非這就是大海盜傑卡爾？」

「也許吧，畢竟他手裡握著寶石……」

骸骨身上披著被蟲啃食到幾乎失去原形的斗篷。

三人在他的遺體前合掌祈禱，然後移動到其他房間。

結束祈禱後，她們沿著傑卡爾的骸骨腳邊的階梯往下走。

將海潮味濃縮成好幾倍的氣味令她們不禁掩鼻，然而將手電筒照向房間深處之後，惡臭立刻就被她們拋諸腦後。

「是財寶房啊啊啊啊！」

「是寶藏啊啊啊啊啊啊！」

「咦？太猛了吧！咱們成為億萬富翁了？」

房間裡堆滿了多到三人拿不完的金幣和寶石。走遍全世界的珠寶店都找不到的特大鑽石、祖母綠、黃金塞滿好幾個箱子，在手電筒的光線照射下散發出神聖的光芒。

和傳說中一模一樣的海盜船。

像是臥室的地方垂掛著疑似吊床的東西，地上散落著酒瓶等雜物，彷彿可以見到當時船員的生活。隔壁是震撼力十足的大砲室，一旁還有砲彈和火藥。廚房裡的食材雖然都已腐敗，不過酒窖的木桶和瓶子裡都還有酒，一拔掉瓶栓，經過兩百年發酵的芳醇香氣立刻撲鼻而來。

——我們此刻就身在傳說中的海盜船裡！

開心到全身發抖的百合一回到甲板便來到船頭，把腳踩在惡魔造型的裝飾品上，大聲嚷嚷。

「我乃大海盜百合！」

「船長！妳的命令是什麼？」「船長，儘管下達指示吧！」

席薇亞和莫妮卡也陪她扮起了海盜。

興奮的情緒如麻醉劑般溶解了三人的理智。她們所有人都幻想自己已經成為海盜，高聲吆喝。

「右滿舵——！朝敵船前進吧啊啊啊啊啊！」

「「知道了！」」

心中只有夢想成真的狂喜。

三人已經在腦中完成妄想。在一望無際的大海裡，出現在眼前的是企圖將寶物從自己手中奪走的大批敵船。那是邪惡貴族們逼迫奴隸人民打造出來，集結最新技術的木造船隻。可是，海盜才不會向那種人屈服。

「讓入侵我們地盤的芬德王國貿易公司見識什麼叫做地獄吧！這個槍聲就是開戰的訊號！」

「「讓槍聲響起吧啊啊啊啊啊啊啊！」」

三人將帶在身上的手槍向上高舉，擊發子彈。

但是和妄想不同，這裡不是海上而是洞窟內。

被擊發的子彈直擊洞窟的天花板。原本就因為土石流變得不穩定的天花板，在衝擊之下部分崩落，掉在甲板上。

——巨大落石鑿穿了海盜船的甲板。

「「「啊啊啊啊啊啊啊啊啊啊啊啊啊啊啊啊啊啊啊！」」」

三人瞬間回神。

所幸落石沒有掉到三人身上，可是海盜船就沒那麼幸運了。甲板中央出現一個直徑約莫兩公尺的大洞，雖然好像沒有貫穿到船底，甲板下的臥室卻遭到破壞。
躲在船頭附近的三人見到這樣的損傷，不禁倒吸一口氣。
瞬間就被拉回到現實。
「重、重要文化財破洞了……」
「……這、這也是沒辦法的事。就當成一開始就破掉好了。」
席薇亞這麼安撫冒冷汗的百合。
由於說不定又會有落石，於是她們移動到船桅底下。像是被潑了一盆冷水似的，興奮的情緒完全消失。
「所以，要怎麼辦？這下該怎麼做才好？」
「總之先通知島民吧。畢竟從現實的角度來看，這樣的拾得物對我們而言實在太大了。到時，島民說不定會分一點財寶給我們當作謝禮。」
「說得也是～啊，既然如此，要不要一開始就把特別有價值的財寶拿走？」
「唔嗯，那樣好像不太道德？」
「咦～這是身為發現者應享的權利耶～」
百合和席薇亞冷靜地討論今後的行動。
雖說船是她們發現的，還是很難主張所有權在她們手上。畢竟這是足以在人類史上留下紀錄的重大發現。打造成新的觀光勝地也好，捐贈給博物館也罷，把海盜船交給島民，讓他們自由運用才是合理的做法。

正當兩人熱烈討論時，席薇亞注意到莫妮卡始終默默無言。

「——嗯，莫妮卡？妳怎麼了？」

莫妮卡抱著頭，臉色發青。

「通知島民一事……還是先暫緩比較好……」

她的聲音沙啞，聽來毫無生氣。

「雖然他們遲早都會找到，一切只是時間早晚的問題……但現在還是先等等……」

「嗯，為什麼？」

「……咱們弄壞了不是嗎？弄壞了這艘海盜船……歷史文化財……」

「呃，可是事情做了都做了，那也沒辦法呀。雖然事情曝光後也許會演變成國際問題，不過只要我們所有人套好口供——」

搶在席薇亞接著說「應該就沒人會發現了」之前，莫妮卡顫抖著嘴唇開口。

那是將天性樂觀的百合和席薇亞推入地獄的事實，同時在某種意義上，也是在為比尋寶更高難度的任務揭幕。

「咱們得把子彈找回來才行。」

◇◇◇

——假期第六天的白天。

笨蛋三人組倒臥在海盜船所在的洞窟中。帶來的糧食和飲水都沒了，三人就這麼仰躺在地上發呆，逃避現實。

百合和席薇亞用疲憊至極的語氣喃喃開口。

「……找不到子彈耶。」

「……要在這種洞窟裡找到子彈是不可能的啦。」

三人不眠不休地找子彈找了整整兩天。

朝天花板發射的子彈共有三發。子彈應該在被天花板反彈之後，滾到了這個洞窟的某處才對。不知是沉到洞窟的水底，還是卡在岩石縫隙中。她們睜大眼睛僅憑手電筒的光線尋找，卻怎麼也找不到。

假期第四天的晚上，她們向莎拉借來了小狗強尼，但即使借助狗的嗅覺還是找不到子彈。似乎是瀰漫整個洞窟的海潮味掩蓋了硝煙的氣味。

三人這麼努力尋找的理由只有一個。

——因為那三發子彈是百合等人破壞海盜船的證據。

百合等人使用的是迪恩共和國製造的手槍。子彈也是一樣，而且還是最近幾年生產出來的。假使子彈在海盜船內被找到，立刻就會知道子彈為發現者百合等人所有。

然後，從折斷的木頭的腐朽程度來看，可以得知甲板的洞是最近才出現的。

當然，事情也有可能不會曝光。子彈也許不會被人找到，即使被找到了也很難和甲板的洞產生連結。應該說，事情不敗露的可能性反而要高得多。

可是——敗露時的風險難以估量！

三人可以想見，屆時各國媒體將會做出以下報導。

——『迪恩共和國的觀光客發現並破壞了大海盜傑卡爾的海盜船。據推測，此舉一共造成相當於三百億丹特的損失。觀光客不知為何持有手槍，現場經查發現到有開槍的痕跡。對此極其惡劣的鬧事行為，不只是全世界的歷史學者，萊拉特王國的文化省也大為震怒，國民甚至對迪恩共和國發起抗議活動——』

「這不是道歉就會被原諒那種等級的小事！」

席薇亞大聲嚷嚷。

反覆在腦中上演的妄想已經快要將她擊垮。席薇亞坐起身，對眼周掛著大大黑眼圈的莫妮卡說。

「我們得儘快把子彈找出來才行！否則情況將不堪設想！」

「嗯，在下當然明白這一點，不過……」

「要怎麼做？就算繼續這樣找下去也不會有進展。要增加人手嗎？」

「不，還是不要那麼做比較好，因為會有情報洩漏的風險。」

莫妮卡左右搖頭。

她們徹底執行了清場作業。不僅在周邊擺放「禁止通行」的立牌，還拉起好幾條繩索，避免海盜船漂到海裡。

但是，這麼做也只是在拖延時間罷了。

洞窟這麼靠近住宅區，被島民或海軍發現是遲早的事情。

「看來只能加強裝備了。」

百合坐起身。

「照明和發電機想必不可少。我們需要所有應有的裝備。」

「說得也是。」莫妮卡點頭。「光靠這種差勁的手電筒是不行的。」

三人現在使用的是洞窟探險用的燈。儘管可以照亮行進方向，卻沒有能夠照亮整個空間的光量。假使子彈在水底，亮度實在不足以進行搜索。

「我們去鎮上買齊最頂級的裝備吧！大家把身上的錢都掏出來！」

三人在號令之下，分別打開自己的錢包。

百合有四張鈔票。席薇亞有八張鈔票。莫妮卡有六枚零錢。

總歸一句話，這樣的金額幾乎只夠支付居留期間的餐費。

莫妮卡嘆了一聲。

「……果然不出所料啊。」

由於已經支付了住宿費，探險工具又全部都是在當地購買，因此身上的錢幾乎都用完了。而且在這座異國的離島上，也沒辦法從自己國家的銀行提領現金。

「看來只能先籌錢了。我們幾個要去打工嗎？」

「如果是這樣，就得找個能快速賺錢的方法，因為我們沒有時間了。」

走投無路的現狀令席薇亞和百合大為苦惱。

時間只剩下一星期。能夠籌錢的天數頂多只有三天。

莫妮卡一臉為難地開口：

「──在下有一個點子。那是現在這座島上，最輕易能夠賺到大錢的方法。」

「「哦？」」

百合和席薇亞興致勃勃地望向她。

但是，莫妮卡卻不知為何神情愁苦地咬住嘴唇。

「但是，老實說在下並不想那麼做。因為那個手段極為惡劣。」

「總、總之妳就說吧。」席薇亞搖搖手。「就算惡劣還是非做不可啊。畢竟事態緊急，也只能稍微忍耐了。」

「…………聽說緹雅現在相當受歡迎，男人們都搶著向她進貢。因為這座島上男性軍人很多，女性數量不足，所以年輕女人很有價值。」

聽了這則情報，百合和席薇亞同時「「什麼！」」地倒吸一口氣。

莫妮卡淡淡地接著說：

「性服務的市場價值很高——在下應該不需要再多做說明了吧？」

百合和席薇亞紅著臉，緊抿雙唇。她們兩人都聽懂意思了，也確實想不到比這更能快速賺錢的方法。

「呃，這、這實在是……」席薇亞眼神游移。

「在下也不想使用這種手段啊！可是有什麼辦法呢？一切都是情勢所逼。」

這句帶有強烈決心的話，令洞窟內充斥著令人窒息的沉默。

少女們沉默了五分鐘，不斷思索其他方法。可是無論她們怎麼想，還是想不出其他答案。百合面紅耳赤、發著抖哀號：「嗚嗚嗚嗚，怎麼這樣……」，但最終還是沒能找出更好的辦法。

莫妮卡嘆也似的開口：

「做好覺悟吧——咱們已無法保有清白之身了。」

◇◇◇

——假期第六天晚上&第七天。

百合、席薇亞、莫妮卡三人放棄在洞窟搜索子彈，一度回到鎮上。她們先在民宿熟睡，等到太陽下山了才開始行動。

緹雅也入住了百合和席薇亞、莫妮卡的民宿。

緹雅好像在傍晚左右出門了。民宿老闆說，她出去時穿了一身像是公關小姐的衣服。雖然不知道她的目的為何，不過現在不是追究的時候。

莫妮卡出面跟民宿老闆交涉。

「之後一定會賠償，請讓咱們稍微弄亂房間。」

她巧妙地以「這是驚喜」、「基於宗教上的理由」為藉口，讓民宿老闆點頭應允並答應守口如瓶。

三人各自取來一大桶的海水。

「呀～」「喝～」「嘿咻～」

將海水潑在緹雅的房間裡。

而且還順便到處撒上海藻和海洋生物，讓整個房間變得像是發生過超自然現象一樣慘烈。

此舉在隔天早上發揮了效果。

因為走廊上傳來緹雅疲倦不堪的說話聲。

「我要把衣服全部扔掉。因為實在感覺怪陰森的，就算洗過我也不敢穿。」

一如所料，她覺得毛骨悚然。

在流傳海盜詛咒的這座島上，一旦發生這種疑似靈異現象的事情，會有這種反應是必然的。

不出所料，緹雅開始把私人物品當成垃圾丟棄。

莫妮卡偷偷將她的舉動拍下來。

「拍攝完畢。」

緹雅把衣服當成垃圾丟棄的模樣，被完整收錄在底片中。

假期第七天的晚上，三人用只露出一雙眼睛的頭套遮住臉，開始移動。

她們前往的地方是海軍基地附近的酒吧。那裡的價格雖然便宜，但是座位狹窄，內部裝潢也很粗俗。是只提供油膩菜色，專做男性生意的店家。

店內顧客全是男性。由於三人特地挑了店內客人最多的時間來，因此店裡有將近四十名軍人在近到快要肩碰肩的距離下，將大杯啤酒灌進胃中。菸味瀰漫了整家店。

三人大膽地進入裡面。

「啊，你們幾個怎麼搞的——」

店內的男性顧客注意到她們。

外貌宛如強盜的人一現身，立刻吸引店內客人的注意。整家店瞬間安靜下來，籠罩在異樣的緊張氣氛中。

向前邁出一步的人是席薇亞。

「今天早上，那位『黑髮魅魔』整理了自己房間的物品。這是她將許多衣物丟棄的現場照片。」

席薇亞高舉剛剛洗出來的照片。

她將事先洗出好幾張的照片，撒向附近的男性顧客。他們看了照片後，發出「啊，真的耶」、「是那位美麗的少女」的雀躍呼聲。

沒錯，她們就是想要這種反應，才故意讓緹雅把衣服丟掉。

等到所有人的視線再次集中過來，席薇亞高聲說道：

「『黑髮魅魔』二手衣物拍賣會，開、張、啦啊啊啊啊！」

「「「「「唔喔喔喔喔喔喔喔喔喔喔喔喔喔喔喔喔喔喔喔喔喔喔！」」」」」

店內的邋遢男人們頓時情緒沸騰。不只是男性顧客，就連男性店員也高舉雙臂，大聲吶喊。

渴望女人的男人們的狂熱勢不可擋。

緹雅的二手衣物最後以預期的五倍價格高價賣出。

【席薇亞獲得了沒拿出來賣的緹雅的內衣褲！】

【百合等人獲得了船舶用照明！】

◇◇◇

——假期第八天。

笨蛋三人組沒有停止愚蠢的行為。

「雖然賺到了錢，可是島內根本沒有店家有在賣發電機。」

「居然忘記確認這一點，真好笑～」

「不要說蠢話了，快點準備啦。」

席薇亞、百合、莫妮卡依序發言，然後進到海盜船裡。

她們透過二手衣物拍賣會賺了許多錢，即使將一部分的錢付給民宿老闆當作弄亂緹雅房間的清潔費，依舊有不少盈餘。於是她們用這筆錢買下船舶用的巨大照明，但是發電機卻不巧已經售罄。

想要在洞窟內使用照明，就非得想辦法弄到發電機不可。

莫妮卡一邊在海盜船的船艙內翻找，一邊說。

「咱們得繃緊神經才行。因為能夠取得發電機的場所十分有限。」

「所以妳才想到要去海軍基地啊？」

「基地的某處應該會有發電機，咱們去借用一下吧。」

莫妮卡發現堆積在海盜船倉庫內的衣物。

那些歷史長達兩百年的衣服實在稱不上乾淨。幾乎全都發霉或遭蟲子啃食，破了無數個洞。

百合露出嫌棄的表情。

「可是，我們為什麼要穿這種破布？唔唔，都是海水的味道……」

「總不能穿咱們帶來的便服，或是島上賣的衣服潛入吧。」

萬一被發現就糟了。

和在都市從事間諜活動不同，在人口稀少的這座島上，很容易就會被人透過服裝鎖定身分。

再說，她們也沒有把平常使用的任務服裝帶來度假。

三人已盡可能從海盜的衣服中選出乾淨的襯衫和斗篷，可是味道還是刺鼻。

「這麼一來應該就不會有問題了。反正咱們只是要晚上迅速潛入，把東西帶走而已。」

做出如此樂觀的發言，三人著手進行準備。

莫妮卡的預測十分正確，晚上潛入海軍基地的她們一下就在倉庫找到發電機。她們完美地解除保全系統，在沒有被任何人發現的情況下帶走目標物，接著由席薇亞揹著發電機，即刻準備撤退。

看在經歷過無數激烈場面的少女們眼裡，這點程度根本不算什麼。

問題在於她們離開倉庫後沒多久。

「「「…………回不去了。」」」

暴風雨突然侵襲小島。

一陣又一陣的狂風，大力地將雨水橫向拍打在少女們身上。樹枝和垃圾在空中飛舞，讓人不敢隨便在外面走動。

少女們在倉庫內躲藏了一段時間，可是暴風雨卻絲毫不見趨緩。反而還隨著時間過去益發增強。

「咦？這下怎麼辦？要揹著發電機走在海岸邊嗎？」

「不行啦，那樣發電機有可能會壞掉。」

「好冷！哈啾！」

席薇亞、莫妮卡依序說道，百合則大大地打了個噴嚏。

她們身上穿的是從前海盜穿過的破布，完全沒有防寒功能。也許是低氣壓的關係，氣溫頓時驟降。

莫妮卡瞥了百合一眼，嘆了口氣。

「咱們去借熱水吧。不然這樣下去會感冒的。」

說完，她便從倉庫朝宿舍的方向走去。

席薇亞和百合先是面露訝異神色，之後隨即追在她身後。現在保暖才是當務之急。

女用宿舍的窗簾緊閉，鴉雀無聲。現在似乎已經是就寢時間了。那棟四層樓建築的一樓部分是餐廳，從窗戶向內窺視，可以看見裡面有熱水器。

找到後門，用解鎖工具打開鎖，然後悄然無聲地潛入。

莫妮卡得意洋洋地聳了聳肩。

「哼。這種鄉下地方的海軍基地，不可能會有人發現在下潛入啦。」

這話顯然是大意了。

她們才踏進餐廳一步，便察覺到自己的失態。

——其實海軍宿舍裡，有人能夠察知莫妮卡等人的潛入。

在莫妮卡等人感應到氣息的同時，那人像是聽見聲響一般從玄關的方向振翅飛來，降落在餐廳中央的桌上。

「————！」

三人吃驚地渾身一顫。

她們知道那人——應該說，是那隻老鷹的名字。

「……巴納德？」

莫妮卡疑惑地歪頭。

那是莎拉的寵物老鷹。已經被賦予代號「炯眼」這個名字的「燈火」一員。為什麼牠會在這個海軍宿舍裡？

三人不禁懷疑自己看錯了。

「牠是巴納德嗎？」「應該是巴納德吧。」「是巴納德沒錯吧？」

但是，無論怎麼看結果都一樣。

在後門的夜燈照射下，老鷹目不轉睛地盯著入侵的百合等人。

「…………………」

「牠是不是在瞪我們啊？」「為什麼要瞪我們？」「因為我們是可疑人物吧。」

老鷹的視力據說在夜晚也和普通人一樣好。

突然間，牠大大地展開翅膀。看樣子，牠好像把三人當成可疑人物了。

在餐廳展翅的牠，將堆疊在餐廳角落的椅子撞倒，發出巨大的聲響。隨後，餐廳外頭傳來「怎麼回事！」、「是小偷嗎？」的女性說話聲和腳步聲。

「唔，這隻笨鳥……！」

「不可以對巴納德大師講話這麼沒禮貌！」

「關掉斷路器。找到可以取暖的東西後就趕緊溜吧。」

接下來的手法相當高明。

莫妮卡扔擲硬幣將餐廳裡的斷路器關掉，讓整棟宿舍停電。席薇亞則迅速在餐廳的櫥櫃中尋找火柴和蠟燭。

女性軍人似乎相當慌亂，但她們還是勇敢地朝餐廳而來。

於是百合衝上前去，擋在走廊前方。

「算了，不管了啦！」

她讓姑且帶在身上，同時也是她拿手絕活的麻痺氣體啟動。

「代號『花園』——狂亂綻放的時間到了！」

她的這個得意招數只要是在屋內，便能發揮絕對強大的壓制力。

在餐廳走廊上被釋放的氣體，逐漸奪走趕來的女性軍人們的身體自由，令她們「鬼壓床……？」地驚慌尖叫。

之後，少女們一邊爭取時間、一邊到處找火柴和蠟燭，途中還被不知為何現身的莎拉踢飛，最後好不容易總算逃出海軍基地。

【莫妮卡獲得了從海軍基地偷來的發電機！】

【百合落得被老鷹巴納德到處追趕的下場！】

◇◇◇

——假期第九天。

幾經波折終於取得照明和發電機的三人躲在海軍基地一隅，僅憑著火柴和蠟燭取暖度過一夜，直到隔天一早才踏上歸途。

她們累到連回民宿的力氣也沒有，只能換上事先藏在路上的便服，倒在好不容易抵達的沙灘上。彷彿昨晚的暴風雨根本不存在一般，沙灘已經乾了。三人感覺包覆住自己的海灘，比任何羽絨被都來得溫柔且溫暖。

「咱們究竟為什麼要特地在離島把自己搞得這麼累啊？」

「天曉得。總之今天就先休息吧，明天開始的三天是勝負關鍵。」

「那個，巴納德大師還在上空追蹤我們耶……」

儘管不斷浪費難得假期這樣的愚蠢行為連她們自己也覺得傻眼，但是既然事情已無法挽回，那也是沒辦法的事。暴風雨離去的藍天裡，老鷹正來回盤旋不讓她們有機會逃跑。

正當三人躺在沙灘上仰望蔚藍天空時，葛蕾特來了。

「各位，妳們怎麼了……？」

她擔憂地望著三人。

因為不想坦誠以告，於是她們隨便敷衍過去，之後席薇亞以一句「葛蕾特妳呢？妳有好好享受假期嗎？」轉移話題。

「……這個嘛，不好說。」

她露出為難的笑容。

「嗯？」「哦？」「咦？」

三人對她的反應感到不解。

注視葛蕾特好一會兒，她才放棄似的開口解釋。

「沒有啦，我只是一如往常地準備挑戰不能輸的戰爭……」

看樣子，她似乎正為了克勞斯的事情而煩惱。從她臉上鬱悶的神情，可以察覺出事情的嚴重性。也許是自稱未婚妻的女人出現的關係吧。

「葛蕾特。」

莫妮卡站起來，把手搭在葛蕾特肩膀上，正面注視著她。
「雖然不知道詳細情形，不過在下想給妳一個建議。」
莫妮卡用死魚般的眼神說道。

「——千萬不要遺漏重要的事物。」

這句話從遺漏重要事物（子彈）的女人口中說出來，總感覺格外沉重。
接著百合和席薇亞也笑著對葛蕾特說。
「就是啊，沒有什麼事情比遺漏之後才察覺更令人哀傷了。到時就只能徒留悔恨，每天晚上暗自哭泣——」
「然而無論怎麼祈禱，時光也不會倒流。葛蕾特，妳可不要犯那種錯誤喔。」
所有人眼神黯淡無光，語氣中卻蘊藏著真摯的情感。
對於這份由遺漏重要事物的女人們，基於親身經歷所提出的忠告，葛蕾特喃喃地說：「各位……！」，反應極為感動。
三人用眼神交談：『咱們到底有什麼資格這麼說啊？』、『咦？百合妳有哭嗎？』、『每晚都流三公合的眼淚呢。』

因為實在太愚蠢，事到如今反而有種看開了的感覺。

席薇亞猛地站起身，摟著葛蕾特的肩膀說：「好了，我們來大玩特玩，為葛蕾特的勝利祈禱吧！」。

莫妮卡和百合做出「咦？現在嗎？」、「我還想休息一下耶……」的困惑反應，但席薇亞卻堅持「有什麼關係！這可是難得的假期耶」，於是她們也帶著傻眼的笑容撲向葛蕾特。

「咦咦？」不知所措的葛蕾特就這麼被拖進海裡。

她們興奮地喊著：「不管了啦！」、「一點都沒錯！」，那天放肆地玩到晚上才結束。

完全是因為壓力大到極點才如此失控。

【席薇亞因為鼓勵葛蕾特，獲得她贈送的白布！】

太陽下山後，葛蕾特返回民宿，百合等人則前往餐廳。

那是一家位於海邊，客人很少、氣氛悠閒的店。海風從開啟的窗戶吹進來。

很久沒有好好地享用晚餐，起初百合還精神飽滿地大啖海鮮料理，然而沒多久就把臉貼在桌上，開始發出平穩的鼻息聲。看來她的疲倦程度已到達頂點。

即使墨魚海鮮燉飯送來了，百合依舊喃喃地說著「我已經不行了～」的夢話。平常的她根本不可能如此。這大概是天地異變的前兆吧。

「要睡回民宿再睡啦，真是的……」

莫妮卡一邊將海鮮燉飯分裝到自己盤裡，一邊嘆氣。

「…………………」

席薇亞定睛觀察莫妮卡的側臉之後，用油膩的湯匙凸面敲了敲百合的鼻子，可是她卻完全沒有醒來。

百合似乎睡得非常熟。

確認完這一點，席薇亞將椅子拉到莫妮卡旁邊。

「吶，莫妮卡。有件事情我一直很在意，可以問妳嗎？」

「什麼事？」

「——妳和百合的戀情結果怎麼樣了？」

正在咀嚼海鮮燉飯的莫妮卡噎到了。她抓起席薇亞遞過來的玻璃杯，急忙喝下杯裡的礦泉水，然後大口深呼吸。

「妳要問那麼深入的私人問題？」

莫妮卡用責難的眼神瞪著她。

但是，這在席薇亞看來是理所當然的疑問。

結束芬德聯邦的任務之後，百合和莫妮卡曾經有過一段尷尬的時期。因為莫妮卡坦白地告訴百合「我喜歡妳」，讓百合感到十分困惑。後來，兩人好像有在陽炎宮面對面談過，可是最後的結論就只有她們兩人知道。

席薇亞讓右掌心朝上，開始說道。

「哎呀，妳也替被夾在中間的我想想好嗎？這樣子我很難做人耶。」

「話是這麼說沒錯……」

「妳至少透露最基本的訊息吧，不然我實在不曉得怎麼辦才好。」

其實，席薇亞一直都很小心翼翼。

她被夾在不知為何關係回到往常的百合和莫妮卡中間，始終很煩惱究竟應該把氣氛炒熱，還是讓兩人獨處比較好。

莫妮卡把海鮮燉飯的淡菜殼，輕輕地放在睡死的百合頭上，可是百合還是沒有醒來。

「不要放在心上，繼續維持往常的關係——最後的結論就是這樣。」

「是喔……是哪一方要求的？」

「是在下要求的。因為那樣感覺最自在，而且百合也同意了。」

換句話說就是維持現狀。

莫妮卡點了飯後的紅茶後把手肘撐在桌上，將視線從席薇亞身上別開注視窗外。她似乎不打算說明詳情。

「在下不用繼續說明了吧？」

「嗯。只不過，要是有什麼事情妳可別獨自承擔，可以找我商量喔。」

「……在下再考慮看看。」

「找我總比找緹雅好吧。」

「這倒是。」

席薇亞將百合不吃的那份海鮮燉飯盛到自己盤裡吃光。也許是多心吧，總覺得吃起來格外美味。

之後就這麼過了一陣子只有海風流動的寧靜時光。

直到紅茶送達時，莫妮卡才喃喃開口。

「克勞斯先生不是禁止咱們全員集合嗎？」

「嗯？喔，對啊。」

假期第一天公布的神祕規定。除了第一天、第十三天、第十四天外，其餘時間不得全員集合。席薇亞至今依然想不通這條規定的用意。

「既然是克勞斯先生訂下的規則，在下猜想那或許是一種訓練。」

莫妮卡望著熟睡的百合的髮旋。

「——咱們『燈火』恐怕即將分散。」

「什麼——」席薇亞不禁屏息。

「克勞斯先生凝重的表情讓在下有這種感覺。葛蕾特似乎也已經察覺到了。」

「啊……所以她才會煩惱和老大之間的關係嗎？」

莫妮卡啜了一口紅茶，微微嘆息。

「也就是說，這次度假其實是一種事前練習。咱們將會分開幾個月、半年或是一年，甚至不被允許彼此聯繫。」

「…………」

「世界的危機將至。為了提高收集情報的效率，這樣的判斷十分合情合理。」

儘管不願意，席薇亞也只能接受莫妮卡的說法。

過去「燈火」多半是全員長時間滯留在同一座城市裡，而那恐怕是克勞斯為了保護少女們所做出的判斷。

——但是，假使「燈火」分散各地呢？

屆時，克勞斯將能夠自由自在地在全世界移動。他可以從身處世界各地的「燈火」成員手中獲取情報，只完成高難度的工作，然後再次前往他國。

如果只考慮效率這一點，這無疑是正確的選擇。

「當然，在下並不知道『燈火』將以何種規模分散多久時間。只不過，既然克勞斯先生這麼煩惱，在下猜想時間應該相當長。」

「……說得也是。」

「說不會覺得寂寞是騙人的。」

席薇亞點頭贊同。

在此之前，「燈火」也曾短時間分開生活過。她們將團隊分成兩組或三組，在加爾迦多帝國和龍沖執行任務將近一個月。

但是，那兩次她們都是滯留在同一座城市裡，也曾彼此碰面交換情報。一兩個月過去之後，她們便又能回到陽炎宮，大家聚在一起胡鬧。

——「燈火」的離散。

嚷著說不要很簡單，可是一想到世界危機迫在眉睫，還是不得不接受事實。

莫妮卡讓視線回到百合的髮旋上。雖然不知道在她那副表情背後是何種心情，不過那無疑是十分溫暖的眼神。

席薇亞花了一點時間思索要說什麼。
「……聽說大海盜傑卡爾再也沒有回到故鄉喔。」
「什麼跟什麼啊。」莫妮卡發出輕笑。
席薇亞聳了聳肩。
「不曉得傑卡爾是什麼樣的心情喔？」
「怎麼可能會有人知道啦。」
「我好想見見大海盜喔。」
說著說著，連她也不曉得自己想表達什麼，席薇亞於是閉上嘴巴。
她獨自回想那座洞窟裡的海盜船，以及在船長室斷氣的骸骨身影，暗自想像傑卡爾勇敢衝向大海的英姿。

◇◇◇

——假期第十天。
在海邊嬉戲完回去民宿睡覺、養精蓄銳之後，三人再次來到海盜船沉眠的洞窟。幸好沒有遭到破壞的痕跡，看樣子海盜船尚未被人發現。

海盜船所在的洞窟依舊籠罩在黑暗之中，不過這次她們的裝備不一樣了。

「來吧，我們要一下就把子彈找出來，然後好好地享受假期！」

在百合的號令之下，席薇亞和莫妮卡啟動帶來的裝置。

「啟動發電機！」「點亮照明！」

那好像原本是裝在漁船上，用來引誘烏賊和魚群靠近的燈。三人讓擺在海盜船的甲板、洞窟等一共五個地方的照明啟動。直徑大約五十公分的巨大照明照亮洞窟內，並且透過特地準備的鏡子反射光線，讓整個洞窟亮如白晝。

效果十分顯著。不再需要像之前那樣費事地用手電筒慢慢照亮，視野一下就變得開闊起來。若將照明對準水中，就連水底都能一覽無遺。

搜索作業開始約莫兩小時便有了成果。

「喔，找到一個。」

「我也找到一個嘍。」

莫妮卡和席薇亞分別都找到了一個。那兩顆子彈都是掉在洞窟的水底。那是沒有照明就沒辦法發現的地方。

對於這個結果，百合滿意地點頭。

「呵呵，只剩下一個了。效率果然完全不一樣，一眨眼就找到了呢。」

「不可以鬆懈啦。」

莫妮卡一邊動手，一邊斥責她。

「假如這個時候被人發現，一切就完了。」

「知、知道啦～可是，我們也有在洞窟的入口擺放『禁止進入』的立牌啊。」

「大意可是會致命——」

莫妮卡中途止住了話。

因為洞窟內出現一個巨大的影子。有人站在擺在洞窟內的燈前面。洞窟的牆壁上，投射出雙馬尾少女直挺挺站著的影子。

三人幾乎同時拔腿奔向燈。

「本小姐發現了一個超～～～～～～猛的東西！」

出現在洞窟的人是——安妮特。

她蹦蹦跳跳地晃動灰桃色的雙馬尾，兩眼閃閃發光。

安妮特和百合等人第一次見到海盜船時一樣，一邊反覆說著「好猛～」、「好猛～」，一邊從各種角度觀察海盜船。

「本小姐太完美了！在海軍基地發現奇裝異服的大姊們，之後就一直尾隨在後果然是正確的！而且因為巴納德也在上空，所以跟蹤簡直輕而易舉！」

安妮特之前好像也在那座海軍基地裡。這名少女十分擅長隱藏氣息，三人甚至沒有發現自己遭人尾隨。

安妮特得意地說出一切後，轉身向後。

「本小姐現在就去告訴其他島民！」

「「「不要啊啊啊啊啊啊啊啊啊啊！」」」

三人立刻撲上前抓住安妮特的裙子，壓制住她。

百合拚命扯開嗓門。

「安妮特，那可不行！不可以啊！因為一個弄不好可能會引發國際問題，我們也會被克勞斯老師狠揍一頓。」

「本小姐才不管那種小事呢！」

「妳這個惡魔啊啊啊啊啊啊啊啊！」

她是三人所能想到最惡劣的闖入者。

安妮特的思考迴路異於常人，更重要的是她永遠以自己為最優先。不僅如此，她還會不時故意戲弄他人，完全沒辦法跟她好好溝通。

「——我們來交涉吧，安妮特！」

席薇亞高聲說道。

「妳想要什麼？只要妳肯保密，不管什麼要求我都答應妳！」

不顧一切的全面投降。

以交涉來說，這是下策中的下策。莫妮卡從旁插嘴：「笨蛋！不能對安妮特說那種話……！」，席薇亞卻大喝一聲：「不然沒別的辦法呀！」

這時，安妮特突然全身放鬆，面無表情地望著懇求的三人——

「嘻嘻。」

——以前所未見的角度，大大地揚起嘴角。

心中頓時充滿不祥的預感。

「既然如此，就請大姊們表現出誠意！」

三人鬆開裙子，「「「是！安妮特大人」」」地在洞窟裡下跪。

「首先請帶本小姐參觀船內！然後——」

安妮特帶領著三人，高聲宣告。

「——只要大姊們肯幫忙收集本小姐想要的材料，本小姐就願意保密！」

◇◇◇

——假期第十一天&第十二天。

安妮特使喚了百合等人整整兩天。她要求三人找來鐵、錫、銀等大量素材，為了回應她的要求，三人只好在島上到處奔波。

除此之外，安妮特對海盜船本身也很有興趣。

「本小姐對於有哪些寶藏也很感興趣，所以請大姊們將所有寶藏搬下來！大海盜傑卡爾的帽子和劍也要！」

「遵命————！」

於是，三人只好將塞滿船艙的財寶全部搬下船。即使是力氣比一般人大的三名少女，也整整耗費了半天時間才總算搬完。寶藏的數量就是如此之多，多到塞滿海盜船的每個角落。

途中三人離開洞窟，暗地做出「偷襲安妮特吧」、「把她綁起來吧」的盤算，可是就在要出手那一刻，卻又因為害怕失敗而放棄，結果最終還是沒能反抗她。

最後，三人在第十二天的傍晚獲得釋放。

「本小姐收集到大量材料了！」

安妮特看著洞窟內堆得像山一樣高的金屬，心滿意足地點頭。

「妳、妳究竟想做什麼……？」

額頭冒汗的百合這麼詢問，但是卻沒有得到回答。

安妮特雙手扠腰，宣布：「本小姐宣布即刻釋放大姊們！」

三人無力地垂下頭。

「「「是，安妮特大人…………」」」

「啊，還有，大姊們！」

隨後安妮特蹦蹦跳跳地，把臉湊到三人面前。

「這個掉在甲板上了，送給妳們！」

「「「咦…………」」」

那是百合擊發的子彈。看來好像早就被安妮特撿起來了。

安妮特不顧愕然失語的百合等人，逕自離開。

三人重重地嘆氣，一屁股坐在海盜船旁邊的地面上。她們背對著背、將體重壓在彼此身上，保持平衡。

莫妮卡、席薇亞、百合依序笑了。

「算了，雖然發生過許多事——」

「不過這下任務總算完成了。」

「雖然這條路好漫長，但事情終究是解決了。」

她們互相碰拳，慰勞彼此。

三人勉強在時限之內，找到了三顆子彈。即使睡到明天早上，還是有充足的時間可以享受假期。

百合等人茫然地仰望海盜船。

儘管有部分破損，海盜船依舊雄赳赳地佇立在洞窟內。那幅奇蹟似的景象，教人無論看多少遍都無法習慣。

「差不多該向其他人報告這項大發現了。」

這是最後一件工作。只要告訴警方或海軍，對方一定會立刻趕來。

席薇亞對百合的話表示贊同。

「大家想必會很驚訝吧。屆時整座島，不對，是全世界都會掀起巨大騷動。」

「…………」

莫妮卡沒有加入兩人的對話，緩緩地站起身。

由於彼此支撐的其中一人突然離開，百合和席薇亞頓失平衡，「「好痛！」」地哀號著跌成一團。

莫妮卡不予理會，自顧自地朝海盜船走近。

「再搭最後一次好了。」

「「咦？」」

「這是咱們最後一次見到海盜船了。因為之後研究者將蜂擁而至，這個洞窟也將禁止進入，所以咱們恐怕再也無法靠近了。」

其他兩人也同意她的話。

身為歷史遺產的這艘海盜船的存在一旦傳開，首先會進行的就是保全工作。洞窟會即刻遭到封鎖，無法再登上海盜船。

百合也喊著「說得也是喔～」，站了起來。

「我們就再搭一次當作回憶吧！要玩最後一次海盜遊戲嗎？」

「絕對不可以使用手槍喔。」

莫妮卡瞇起眼睛，叮嚀跑向海盜船的百合。

見到莫妮卡準備邁步追上百合，席薇亞用手臂環住她的脖子，在她耳邊低語。

「吶，莫妮卡。要我讓妳和百合獨處嗎？」

「嗄？在下就說那種事情——」

「有什麼關係，就當作留下假期的回憶嘛。我會離遠一點的。」

席薇亞笑嘻嘻地拍拍莫妮卡的背。

莫妮卡像在抗議似的咬住嘴唇，不過她望著席薇亞離去的背影一會兒後，還是重重吐出一大口氣，爬到海盜船的甲板上。

先行上船的百合一腳踩在船頭上，擺出耍帥的姿勢。她將頭髮全部往後撥，露出英勇犀利的眼神。

「我乃船長百合。」

「妳怎麼突然說要玩海盜遊戲？」

「因為妳們兩人一臉不安的樣子，所以我想帶給妳們一些勇氣。」

「…………！」

沒料到百合會這麼說，莫妮卡訝異地倒抽一口氣。

兩人的不安——第九天談論過的，接下來「燈火」將分散各地的可能性。

莫妮卡和席薇亞並沒有告訴百合這件事，不過她好像還是察覺到了。這名少女對同伴的情緒相當敏感。

「我當然會發現啦。別看我這樣，我好歹也是『燈火』的領導人。」

百合注視著船頭前方說。

「我們接下來想必將要航向大海吧。在沒有正確地圖的情況下，航行在波濤洶湧的動盪時代中。」

「就是啊……」

「但是沒什麼好怕的啦，因為我們可是找到大海盜傑卡爾的海盜船的間諜。什麼世界的祕密，自然是難不倒我們啦，妳說是吧？」

百合英姿颯颯地將小刀刺向前方，接著說道。

「我們『燈火』一定可以成功完成這趟漫長的航行！」

「…………說得也是。嗯，或許是吧。」

在海盜船上宣示的百合。

儘管不可置信地嘆氣，眼中依然充滿笑意的莫妮卡。

以及其實在底下偷聽兩人對話，抱胸點頭的席薇亞。

無論身處何種逆境，百合的聲音永遠都充滿活力。儘管身為間諜的能力並不高，只要她開口，就能讓人渾身湧現彷彿任何任務都能達成的奇妙力量。

——連這次假期結束後的任務也能克服的希望。

百合以開朗的口氣宣示。

「開船吧啊啊啊啊啊啊！『燈火』海盜團要出航了！」

「是是是，百合船長。」

第二次的海盜遊戲令莫妮卡哭笑不得。

當然，那只是比喻。只是將下一個任務比喻成海盜時代的大海。「開船吧」這句話也只是在鼓舞大家「勇敢挑戰任務」，沒有其他意思。

——但是，海盜船卻真的開動了。

「「「咦？」」」

三人發出至今最錯愕的驚呼聲。

莫妮卡立刻跑到甲板的邊緣，對著船底下的席薇亞大喊。

「席薇亞？這是怎麼回事？」

「呃，不曉得！我什麼都沒做啊。繩索斷了！」

席薇亞跑到連接船和洞窟的五條繩索旁查看，結果發現每條繩索都被切斷了。席薇亞抓起繩索，急忙扔向海盜船，可是海盜船已經飄向海的方向，繩索於是沉入水裡。

究竟為何會發生這種事？三人滿腹疑惑。

「——本小姐照大姊所說的開船了！」

語氣瘋狂的說話聲在洞窟內響起。

所有人往聲音的方向望去，只見安妮特戴著大海盜傑卡爾的帽子，正在舉手敬禮。看來她還留在洞窟裡，沒有離開。

一切似乎都是她搞的鬼。她大概偷偷設置了讓船開動的機關吧。

「「「不會吧啊啊啊啊啊啊啊啊啊啊啊啊啊啊啊！」」」

三人的尖叫抵抗只是徒然，海盜船就這麼慢慢地被牽引往海的方向。

海盜船載著莫妮卡和百合，順著洞窟內從湖泊通往大海的河川而行。途中船撞上了岩壁，卻依舊朝著洞窟的出口前進。

席薇亞一邊追船，一邊拚命設法讓海盜船停下來，然而終究還是束手無策。被切斷的繩索太短，派不上用場。船隻的大小又不是光憑席薇亞一人之力就能阻止的。

再這樣下去，海盜船大概會跑到洞窟外，在海上漂流吧。

（——總之，事情大條了啊！）

現在不是猶豫的時候。

「我去找人來！莫妮卡、百合，妳們要守住海盜船啊！」

「知、知道了……！」

怒吼似的這麼對百合二人說完，席薇亞拔腿朝鎮上的方向跑去。她沒空對安妮特下指示。席薇亞扔下她，以最快速度跑過險峻的海岸，只花不到十分鐘就跑完一般人徒步要花三十分鐘以上的路程。

當她抵達熟悉的海灘時，見到一名少女坐在海岸邊。

幸好那是席薇亞認識，也是她現在所需要的人物。

「拉芙塔妮亞小姐！」

「嗯，怎麼回事……？」

席薇亞第一天見過的——民宿的獨生女，拉芙塔妮亞朝席薇亞投來狐疑的目光。她拍拍屁股上的沙子，站起身。

「唔，妳是克勞斯大人的學生啊。怎麼了？為何這麼慌張——」

「借我汽艇！妳說過妳有船對吧？」

「嗄？」

「這件事說來話長！總之有人遇難了。她們現在被沖到了海上——」

說著說著，席薇亞皺起眉頭。

因為她注意到拉芙塔妮亞的眼睛浮腫，臉頰上還掛著豆大的淚珠。

（嗄？她為什麼在哭──）

席薇亞完全一頭霧水。

只不過，她剛才似乎是獨自一人在海灘上大哭。她好像在這裡待了好一陣子，哭到豆大淚珠都把衣服的領口濡濕了。她手裡拿著一束華麗的新娘捧花，卻因為抱得太用力把花都壓扁了。

「……………有人遇難？」

拉芙塔妮亞難以置信地歪著頭。

聽了這句話，席薇亞赫然回神。現在不是詢問她為何落淚的時候。

「出現超乎想像的奇蹟了。」席薇亞拉起拉芙塔妮亞的手，硬是將她帶走。

另一方面，被留在海盜船上的百合和莫妮卡則是拚命試著保住船。

如果只是要保住自己的性命，那麼她們只要跳船就好。但是那麼一來，海盜船就會因為沒有船員而在海上徘徊，最後遲早沉沒海底。

因此即使只有她們兩人，也只能設法讓海盜船回去島上。

可是，這是一項有勇無謀的挑戰。船隻正順著海浪，緩緩遠離小島。海面上開始飄起白霧，連島在哪個方向也分不清。即使想要轉舵，舵也早就壞了。畢竟這是兩百年前的船，光是還能浮在水上便已是奇蹟。

莫妮卡拚命在船內尋找工具，一邊大喊。

「百合，咱們還是跳海吧！就憑兩個人要操控這麼大的船是不可能的！」

「要是我們棄船，這艘海盜船會發生什麼事？」

「話是這麼說沒錯……！」

「總之先揚帆吧！只要捕捉到吹向小島的風，我們就能順利回去……！」

「那樣太亂來了。再說，現在根本沒有風！」

「總比什麼都不做來得好吧！這艘海盜船是島上的寶藏！我們得守住它才行！」

兩人爬上船桅，用刀子切斷綑綁風帆的繩索。就憑兩個人要以正確步驟展開風帆，果然還是太困難了。風帆雖然順從重力降了下來，可是上面到處都是破洞，感覺很難捕捉到風。

正當兩人敲響找到的鐘時，海盜船下方傳來馬達的聲音。

「百合、莫妮卡，妳們沒事吧？」

「居、居然是真的海盜船——！原、原來那件事是真的……」

席薇亞大大地揮手，一旁的拉芙塔妮亞則滿臉吃驚。

百合將海盜船上的繩索扔下去，交給席薇亞牢牢地將繩索打結固定。之後百合利用繩梯，將席薇亞和拉芙塔妮亞拉到甲板上。

「真虧妳們居然有辦法在這麼濃的霧中找到咱們。」

聽到莫妮卡佩服地這麼說，拉芙塔妮亞點頭回應。

「因為島民對這附近的海流很熟悉，所以大致能夠掌握方向。再說還有鐘聲作為引導。」

「太好了，總算得救了。要是繼續漂流下去會發生什麼事啊？」

「照這個情況來看……」

拉芙塔妮亞沉下臉來。

「……恐怕會往海軍基地的方向靠近吧。現在已經離那裡不遠哩。」

「這樣啊。都是霧氣的關係，害咱們完全搞不清楚方向。」

莫妮卡安心地吐了口氣，然而這時拉芙塔妮亞卻好像想到什麼，突然衝向船內。

「拉芙塔妮亞小姐？妳突然這是怎麼了？」

席薇亞急忙叫住她，可是她卻沒有回來。

莫妮卡說了一句：「大概是海盜船讓她很興奮吧。」，之後便開始擬定作戰計畫。

「咱們馬上聯絡海軍請求保護吧。汽艇上有無線電機嗎？如果沒有，就找找其他可以發送求救訊號的東西。」

無論如何，現在最重要的就是保護海盜船。

這個文化遺產要是失事沉沒了，將會是人類史上一大損失。

才剛做出結論，就見到陸地隱約從濃霧另一頭現身。從沿著海岸而建的巨大建造物的形狀來看，那應該是海軍基地沒錯。

「！原來咱們真的就在基地前方啊。快點，馬上請求救援——」

忽然間，海盜船發出令船體晃動的巨響。

船體大大地傾斜，失去平衡的少女們在甲板上滾動。

「「「什麼？」」」

少女們即刻思考原因，但是除了消失的拉芙塔妮亞外，沒有第二種可能。

三人火速趕往船艙後，見到她跌坐在排列著一具具大砲的房間裡。大砲冒出煙霧，房間內硝煙味瀰漫。

看樣子，拉芙塔妮亞似乎發射了大砲。

「……咦？怎麼會？」

莫妮卡茫然地張大嘴巴。

「兩百年前的火藥和大砲居然還能用……？再說，妳怎麼會懂得如何發射大砲……」

「妳……妳在做什麼啊，笨蛋！」

席薇亞通過僵在原地的莫妮卡身旁，一把揪住拉芙塔妮亞。

「要是打到人怎麼辦？妳怎能這樣是非不分——」

「一切都已經無所謂了！」

拉芙塔妮亞用力甩開席薇亞的手。

見到她眼中再次滲出淚水，席薇亞頓時噤聲。從她剛才也獨自哭泣來看，她心中似乎滿懷強烈的哀傷。

「謝謝妳啊，席薇亞，謝謝妳把小女子帶到這艘船上。沒有比這更完美的安息之地了。」

她在硝煙瀰漫的船內說道。

「——小女子殺了人。」

「「「啥？」」」

「是為了替母親報仇哩。妳們知道嗎？那個男人——那個名叫梅爾薛少尉的惡魔，聽說為了尋找下一個殺害目標，曾經對在海灘上嬉戲的妳們品頭論足喔。」

出現在三人腦海中的，是假期第一天見到的可疑男子。

那人似乎就是梅爾薛少尉。即使是幾乎都待在洞窟的她們，也知道發生在島上的殺人事件和被害者的名字。

拉芙塔妮亞接著說下去。

「小女子全都知道了。知道那個男人殘忍殺害了我母親，過去將島民和觀光客的性命玩弄於股掌中——還有如何才能殺死這個殺人魔！於是，小女子毫不猶豫地付諸實行了。為了替母親報仇雪恨！」

拉芙塔妮亞焦躁地捶打附近的牆壁。

牆壁因長年腐蝕而劣化，輕易就裂開來。

「接下來，只要讓克勞斯大人娶小女子為妻就好。如果是他，他一定會在小女子的罪行曝光之前帶我離開這座島。即使他得知事件的真相也一樣……！事情原本應該是如此的……！」

拉芙塔妮亞緊咬的嘴唇滲出血來。

「可是最後卻失敗了。剛才他對小女子說——『妳這個殺人犯』。」

「「「…………………………」」」

三人完全無法理解她的話。

雖然她突然坦承殺人，可是因為不知道前因後果，所以三人依舊不明所以。她們小聲地互相交談：「席薇亞，妳怎麼帶了個亂七八糟的傢伙來？」、「我也不知道啊！殺人？什麼意思啊？」、「……可是，她好像真的很煩惱耶。」

儘管困惑，三人依舊能從拉芙塔妮亞的慟哭中感受到她的哀傷。

拉芙塔妮亞在此之前，似乎經歷過一個又一個殘酷的現實。
那樣的她似笑非笑地嘆口氣。
「看吧，海軍基地的砲台正在移動哩。」
「嗄？」
「這艘船就快完蛋了。」
三人從大砲突出的窗口望向海軍基地的方向。雖然瀰漫的霧氣依舊讓人很難看清，不過還是可以看見基地沿岸的一座座砲台正緩緩地瞄準這邊。
毋庸置疑瞄準了這艘海盜船。
既然遭人擊發一枚砲彈，海軍基地不可能不反擊。
「小女子要和這艘船一起沉入海底。因為就算回去島上，也只會被海軍抓起來。」
拉芙塔妮亞對臉色鐵青的三人面露微笑。
「謝謝妳們讓小女子在死前經歷這麼有趣的體驗。能夠對那些令人火大的海軍打出一發砲彈真是太棒哩。」
道謝完之後，拉芙塔妮亞將汽艇的鑰匙扔過來。
臉上露出彷彿已經放棄生存的快活笑容。
所剩時間不多了。儘管海軍現在可能正因為突如其來的砲擊陷入混亂，可是只要號令一出，這艘船恐怕瞬間就會遭受砲火猛攻。屆時，這艘破爛的海盜船肯定一下就會沉沒。

「快走吧。」拉芙塔妮亞搖搖手。「要是搭理小女子，連妳們也會沒命——」

「——吵死人了。」

席薇亞打斷她的話。

她在目瞪口呆的拉芙塔妮亞面前，一副煩躁地猛搔頭。

「……我說啊，妳從剛才開始到底在說什麼？我完全聽不懂妳的話耶。妳是不是不擅長說話啊？」

「呃，小女子的意思是，再這樣下去海盜船會——」

「妳少妄下斷語了。」

「什麼？」

「我們可還沒有放棄喔。」

繼席薇亞之後，莫妮卡和百合也紛紛「就是啊，妳少在那邊自說自話了」、「一點都沒錯。妳以為這點小事嚇得了我們嗎？」地表示同意。

大概是一時無法理解吧，拉芙塔妮亞愣愣地眨了眨眼。

席薇亞拍拍少女的肩膀。

「拉芙塔妮亞小姐，我不知道妳發生了什麼事。坦白說，妳的話我沒一句聽懂的。」

語氣堅定地說。

「不過啊，我會讓妳見識一下，這個世界上其實是有奇蹟的喔。」

少女們迅速展開行動。

在她們心裡，沒有讓好不容易找到的海盜船沉入海底這個選項。更不可能認同少女打算和海盜船共赴黃泉的行為。

——必須阻止海軍基地發動砲擊。

已經沒有時間了。對於百合提出的奇招，莫妮卡傻眼地問：「妳認真？」，席薇亞則笑著說：「可是沒別的辦法了呀。我們就一起翻轉這個困境吧。」

然後少女們便各自散開，去收集必要的道具。

率先衝出去的席薇亞說了句：「找到好東西了。」，抓起擺在大砲旁的新娘捧花。那是拉芙塔妮亞依依不捨地帶上船的花束。

再次於甲板上集合時，地板上擺了許多道具。

——第一天愛爾娜釣到的長靴。

——從緹雅房裡偷來，沒拿出來賣的內衣褲。

——一路追蹤到這裡的莎拉的寵物，老鷹巴納德。

——因為鼓勵葛蕾特而獲贈的白布。

——克勞斯退回給拉芙塔妮亞的巨大新娘捧花。

——以及三人同心協力取得的發電機和照明。

不用說，這些全是在這次假期中收集到的物品。

「妳、妳們究竟想做什麼？」

姑且跟著來到甲板上的拉芙塔妮亞驚訝不已。

百合咧嘴笑答：「想要守住海盜船，就只能把船長叫醒了呀。」

那是奇招中的奇招。

可是少女們是認真的。席薇亞亢奮地喊道：「沒時間了。只能賭賭運氣了……！」，莫妮卡面帶苦笑、咬牙切齒地說：「只能想出這種荒唐點子真教人不甘心……！」，百合則是「我們就相信在這座島上收集到的回憶吧！」地大聲嚷嚷。

三人圍著收集到的道具，齊聲吶喊。

「「「降臨吧！大海盜傑卡爾！」」」

◇◇◇

——同一時刻，海軍基地附近的住宅區。

生活在基地周邊的島民被突如其來的震動驚擾，陷入恐慌。

誤以為海軍基地發生爆炸事故的他們立刻跑出建築物，望向傳出巨響的大海。

然後他們目擊到了。目擊到隱約漂浮在起霧的海上的，海盜船的輪廓。

「那、那是什麼…………？」

「快、快拿望遠鏡來！那、那是真的嗎……？」

島民們呼朋引伴地前往海岸。

——同一時刻，海軍基地。

基地這邊，則是正在為砲擊神祕敵船進行準備。

目擊海盜船的古拉尼耶中將起初十分驚慌，不過他很快就把總司令室裡的少女們趕出去，透過無線電對部下做出冷靜的判斷。

也就是——他長年追尋的海盜船，不可能會突然出現在眼前。

這是具備常識的判斷。只能想成是恐怖分子，或是某個瘋狂國家的軍隊搞的鬼。對方應該是想利用奇特的外觀令我方困惑，然後趁機攻擊海軍基地。

敵人已經擊發砲彈了。

不能坐視不管，讓部下遭到殺害。

就在古拉尼耶中將準備下達砲擊命令時，海盜船突然出現變化。

「司令，船頭那邊有人影……！」

海盜船發出強烈的光線。接著，那道強光照向站在船頭的人，在宛如螢幕的濃霧上映出大大的影子。

古拉尼耶中將舉起望遠鏡，看向站在船頭的那人。

雖然因為背光的關係看不見長相，不過那人的嘴巴似乎在動。

「那人正在說話！會讀唇語的人快紀錄下來！」

古拉尼耶中將大吼大叫。

可是，來到總司令室的部下全都一臉愕然。

「呃，可、可是那個人影……該不會——！」

他們全身發抖，注視著站在海盜船船頭的人物。

◇◇◇

站在海盜船船頭的是一名海盜。

裝扮和大海盜傑卡爾一模一樣，眼神凶狠的白髮少女。

「我乃大海盜傑卡爾的繼承人，大海盜席薇安！」

席薇亞英姿颯爽地站在船頭，對著海軍基地高聲宣示。

「我要警告企圖侵略這座島的腐敗海軍們！你們要是敢再侵略我們的島，以及企圖破壞這艘船，我就以幾千倍的詛咒報復你們！」

這時，奇蹟確實發生了。

席薇亞勇猛的模樣，讓人聯想到傳說中的大海盜傑卡爾。

砍殺過幾千名海盜的彎刀「鐘月」是新娘捧花。無情伸向叛逆部下的鉤爪是長靴。喜歡啃食死人眼珠的殘忍鸚鵡是大老鷹。令見者無不發抖的三角帽，是用緹雅的胸罩和內褲重現。被血染成鮮紅色的斗篷，則是用葡萄酒將葛蕾特送的白布重現。

他站在船頭那一刻，光線從天而降的傳說，也是利用發電機和照明來表現。不僅如此，背光更是成功消除了與本人之間細微的差異。

假期中收集到的道具，恰巧完全符合海盜傳說。

眾多偶然的集大成——大海盜席薇安。

果不其然，海軍基地的砲台停止動作。

「嗄……………………………………………」

「「「停下來了啊啊啊啊啊啊啊啊啊啊啊啊啊！」」」

更大的奇蹟發生了。

沒錯，古拉尼耶中將中斷了砲擊命令。這麼做儘管不體面，但是重現傳說的怪人的出現超出他的理解範圍，令他心生「擊沉海盜船真的好嗎？」的猶豫。

拉芙塔妮亞表情呆愣，莫妮卡、百合和席薇亞則興奮大叫。

雖然不知道海軍基地內的反應如何，席薇亞等人還是擺出勝利姿勢。

「他們果然怕了？」

「不，他們應該只是覺得太莫名其妙，才會腦筋一片混亂吧。」

「不管怎樣，砲擊停止就表示我們贏得全面勝利！」

海盜船之後應該會順著海流漂到海軍基地旁的沿岸，不久便受到海軍的保護。也就是說，少女們成功守住了海盜船。

接下來只要消除三人的痕跡離開就好。

席薇亞拍拍依舊不敢置信地僵住的拉芙塔妮亞的肩膀。

「好了，在事情變麻煩之前回去吧。」

她已經沒有抗拒的意思了。她微微點頭，被席薇亞拉著手臂離開海盜船。

終章　第十三天（後篇）

the room is a specialized institution of mission impossible
last code garakuta

少女們全都說完了。

——和島民拉芙塔妮亞度過的葛蕾特、愛爾娜的故事。

——潛入海軍基地，追查連續可疑死亡事件之謎的緹雅、莎拉的故事。

——找到海盜船，為了尋找子彈而奔走的百合、席薇亞、莫妮卡的故事。

她們各自度過了迥然不同的假期。

聽完葛蕾特所說的島民故事後，

「喔喔，原來葛蕾特、拉芙塔妮亞和老師之間，有著那樣的三角關係……！」

百合表現出佩服的反應。

聽完緹雅所說的海軍故事後，

「沒、沒想到拉芙塔妮亞小姐竟然有那一面……！」

葛蕾特錯愕地感嘆道。

聽完百合所說的海盜故事後——

「妳們幾個到底在搞什麼啊！」

緹雅勃然大怒。

所有人都說完之後，緹雅開始責問百合、席薇亞、莫妮卡三人。

「原來我怕得要死的海盜詛咒，背後其實是妳們幾個在搞鬼！而且妳們還擅自賣掉我的衣服？話說回來，海盜船究竟是怎麼一回事啊啊啊啊啊！」

氣瘋的她抓著百合的肩膀大罵。

克勞斯也心有戚戚焉地捏著眉心。

「……我也好驚訝，沒想到那種奇蹟居然會發生在妳們身上。」

他雖然擁有敏銳的直覺，也無法預測前所未聞的事件。他想都沒想到，她們竟然會如此輕易就找到海盜船。

無論如何，所有情報都到齊了。

克勞斯主持會議，催促大家進行下一步。

「總之，我們來整理一下安妮特的行動吧。」

沒錯，他們的目的是要找出突然在第十三天下落不明的安妮特。

葛蕾特將筆記本擺在桌子中央，讓所有人看看她所做的紀錄。

【安妮特的行動履歷

第1天　在海灘遊玩

第2天　和拉芙塔妮亞準備婚禮？

第3天　和拉芙塔妮亞準備婚禮？

第4天　和拉芙塔妮亞準備婚禮？

第5天　和拉芙塔妮亞準備婚禮？

第6天　和拉芙塔妮亞準備婚禮？

第7天　和拉芙塔妮亞準備婚禮？

第8天　和緹雅、莎拉潛入海軍基地。

第9天　跟蹤百合等人？

第10天　發現海盜船。使喚百合等人。本人還去了溫泉？

第11天　使喚百合等人。打聽調查海流？

第12天　安妮特讓海盜船出航。

第13天　行蹤不明】

「…………唔，照這樣看來——」

率先發言的人是百合。

「安妮特真的從半途開始就對婚禮感到厭倦了耶。」

少女們紛紛點頭附和。

由於根據葛蕾特所言，安妮特曾在第十天做出「已經厭倦了！」的發言，所以這很顯然是事實。她之前明明幹勁十足，卻從後半開始就興趣全失。

「她還曾經要百合前輩妳們收集素材對吧？」莎拉問。

「是啊，在下猜想她可能是想發明什麼東西。也許規模很大，又或者是大量製造。」莫妮卡回答。

這時，葛蕾特像是察覺到什麼地歪著頭說。

「……嗯，可是她要在這座島的哪裡製作呢？這座島上應該沒有像樣的器材才對。」

其他少女們聽了恍然大悟。

和有安妮特專屬作業空間的陽炎宮不同，這座島的主要產業是觀光業和漁業，極少有小工廠之類的地方。

即使收集了素材，若是沒有地方可以加工也無法作業。
緹雅突然倒吸一口氣。
「不，確實有一個。而且我和莎拉還去過那裡。」
克勞斯也點頭。
安妮特也在第八天去過那個地方。
「看樣子答案已經揭曉了。」
克勞斯做出結論，對少女們下達即刻出發的命令。
「是海軍基地。」

◇◇◇

——前往海軍基地的途中。
莫妮卡忽然想起一件事，於是開口詢問。
「吶，葛蕾特。那起海盜船騷動現在情況怎麼樣了？」
「……海盜船被島民清楚目擊，掀起了好大的騷動呢。現在到處都在流傳『大海盜席薇安』的傳說……」

「這下問題嚴重了啊！」席薇亞忍不住大叫。

「「「妳講話太大聲了，席薇安！」」」

「不要用那個名字叫我啦！」

被同伴捉弄的席薇亞發出怒吼之後，莎拉和緹雅接著說。

「那件事也在海軍之間掀起很大的風波喔。」

「那是當然的啦，因為來歷不明的海盜船突然出現嘛。不過，後來海盜船就受到海軍保護，聽說現在正在進行調查。」

順帶一提，海盜船出現當時，在海軍基地和中將密會的兩人後來就急急忙忙逃出基地了。聽說那天晚上，哀號著「是海盜傑卡爾的詛咒啦～」的緹雅是躺在莎拉大腿上，一邊被她摸頭一邊進入夢鄉。

這時，緹雅望向沒有獲得任何情報的百合、莫妮卡和席薇亞。

「我倒想問問，妳們幾個今天中午以前在做什麼？」

「「「因為太累了所以一直睡覺。」」」

「…………可以理解。」

少女們和拉芙塔妮亞搭乘汽艇逃離海盜船後大睡特睡了一番。

順帶一提，拉芙塔妮亞起床後就去散布「婚禮中止」的消息了。

◇◇◇

「燈火」一行人順利進入到海軍基地內。

克勞斯只是在接待處露個臉，對方就也不管現在是晚上，立刻聯絡古拉尼耶中將。和緹雅猜想的一樣，克勞斯確實頻繁進出基地。

被帶往總司令室的他們，在那裡發現正在接受招待的安妮特。

「安妮特，妳在這裡做什麼？」

「唔，是克勞斯大哥和大家！」

安妮特坐在大沙發上，正在品嘗人家招待的大量甜點。

在她正對面的是古拉尼耶中將。

「本小姐正在進行交涉！請不要妨礙本小姐！」

「……是啊，是你的部下突然闖進來。」

安妮特似乎擅闖基地，和古拉尼耶中將進行一對一交涉。

正覺得奇怪，古拉尼耶中將便開口解釋。

「──她說：『只要讓我自由使用祕密研究室，我就告訴你海盜財寶的所在地。』」

百合、席薇亞、莫妮卡「啊……！」了一聲。

她們好像徹底忘了財寶的存在。根據她們先前所言，財寶應該已經被搬下船，現在還被擱置在洞窟內。

克勞斯坐在安妮特身旁，盯著古拉尼耶中將。

「……你打算怎麼回答？」

「當然是接受了。」

他的口吻十分篤定。

「只要見過那艘海盜船和部分財寶，就能清楚知道她所言不假。我們得在島民發現之前帶走財寶才行。」

桌上擺著一只綴有碩大鑽石的戒指。那顆似乎經過安妮特研磨的寶石，散發出眩目的閃耀光芒。

古拉尼耶中將以陶醉不已的語氣說。

「這下我的殷切願望總算能夠實現了。推翻萊拉特王國的權力結構的政變將會成功……！」

「…………………」

克勞斯早已聽聞他的心願。

——推翻令社會階級產生巨大分化的萊拉特王國政府。

迪恩共和國身為鄰國，不可能完全不受萊拉特王國內的政變影響。作為一名間諜，克勞斯對此有著千頭萬緒。

可是作為一個人，克勞斯確實能夠和他的心願產生共鳴。

萊拉特王國人民的痛苦喘息聲，也傳進了克勞斯耳裡。

「我願意支援你。」他先是傳達表面上的鼓勵，隨即「只不過……」地低聲說道。

「……我不是以間諜，而是以一名觀光客的身分這麼說。」

「嗯？」

「不要再威脅島民的生活了。」

克勞斯知道古拉尼耶中將正逐年擴建海軍基地，也知道他中意的研究者的凶行。

「請尊重和這片美麗大自然共生的島民的生活。現在的你，和你所憎恨的萊拉特王國的貴族們有何不同？」

「——————！」

古拉尼耶中將一臉震驚地瞬間屏息，然後大大吐了口氣。

「…………那當然。既然得到了傑卡爾的財寶，我也不打算再破壞這座島。」

「這樣啊。」

「應該說，我很清楚自己反而該開始補償島民了。」

古拉尼耶中將望向窗外。

「我打算收下財寶，至於那艘海盜船則會運用作為島上的觀光資源。畢竟要賣掉換取現金感覺也挺費事的。」

古拉尼耶中將的話感覺沒有半點虛假。

儘管因為野心龐大，身而為人，他有時會做出錯誤的選擇，然而基本上他還是一個富有正義感的男人。克勞斯在「火焰」時代就和他接觸過好幾次，也曾見過他為了受苦人民採取行動。

克勞斯點頭。

「還有，你最好放過殺害梅爾薛少尉的島民。假使你企圖逮捕那人，連續可疑死亡事件的真相說不定也會曝光。他會遭到殺害完全是自作自受。」

「……說得也是，這件事我會妥善處理。」

就這樣，克勞斯結束和他的交涉。

安妮特也愉快地說：「本小姐只要可以使用研究所，其他都無所謂！」

克勞斯本來打算就此離去，卻見到部分少女露出欲言又止的表情。她們一副心神不寧、焦躁不安地不住扭動肩膀。

「這、這是我聽人家說的。」
帶頭的百合走上前來。
「海盜船的甲板破了一個大洞對吧？」
「嗯？妳是從哪裡聽說這件事？」古拉尼耶中將一臉疑惑。
「那個洞應該是原本就有的，絕對不是被誰破壞的痕跡。」
「是喔………」
看來她們是想替自己的行為打好預防針。
古拉尼耶中將用不可置信的表情嘆口氣，喃喃地說：「總之接下來會進行調查。」
「……因為那艘海盜船的謎團實在太多了。究竟砲彈為何會從漂流至此的海盜船飛過來？還有，那個自稱海盜席薇安的黑影到底是……」
「那應該是海盜的幽靈吧。詛咒或許真的存在也說不定。」
克勞斯決定在對方追究之前這麼敷衍過去。

◇◇◇

一行人從海軍基地帶走安妮特，返回原本所在的海灘。席薇亞說：「還是把她綁起來，免得她又逃跑了。」，之後就用繩子將安妮特捆起來帶走。

再次抵達沙灘後，百合開口：

「對了，老師——你要支援古拉尼耶中將的政變嗎？」

她大概是想問在海軍基地提過的那件事吧。

對於有心發動政變的古拉尼耶中將，克勞斯表達了協助的意願。看來少女們之中有人對此感到意外。

「這樣好嗎？萊拉特王國和迪恩共和國本來是友好關係對吧？」

「是啊。當年要是沒有那個國家，共和國現在說不定還遭到加爾迦多帝國占領。為了對抗來自加爾迦多帝國的威脅，兩國在戰後仍舊維持合作關係。」

至少表面上是如此。

之所以能夠趕走侵略迪恩共和國的加爾迦多帝國陸軍，靠的是來自穆札亞合眾國的物資支援、芬德聯邦和萊拉特王國的軍隊，以及迪恩共和國的諜報機關「火焰」的暗中活躍。大戰結束後，各國的諜報機關彼此結成同盟關係。

「但是——『曉闇計畫』是起源於萊拉特王國。」

在迪恩共和國被暗中進行的，世界級規模的計畫。

「雖然詳情不明，不過那項計畫肯定暗藏危機。」

目前仍有許多不明瞭之處。

可是也不能拋下一句「我不知道」就擱著不管。更重要的是，有某項因素在催促著克勞斯去解決。

「若非如此，『火焰』不可能會毀滅。」

基德背叛「火焰」，向「蛇」倒戈。

——其動機會不會和「曉闇計畫」有關呢？

倘若這個假設正確，迪恩共和國就和此事脫不了關係。那是嚴重到無論「紅爐」費洛妮卡還是「炬光」基德，都無法找克勞斯商量的問題。

「時限只到全世界同時開始經濟衰退為止。我們必須在那之前，從萊拉特王國的中樞掌握住機密情報。」

「蓋兒黛的遺產」中這麼寫道。

——足以命名為「世界恐慌」的金融危機即將發生，第二次世界大戰將要爆發。

假使戰爭氣氛升溫，屆時就必須停止對萊拉特王國政府的干涉。因為如果加爾迦多帝國趁萊拉特王國發生政變時發動侵略戰爭，迪恩共和國可能又會籠罩在戰火之中。

「老師，請你親口告訴我們。」

百合緊抿雙唇，往前走出一步。

「我們『燈火』接下來要完成何種任務？」

「……看來已經有人察覺到了。」

克勞斯點點頭，從葛蕾特手中拿過她剛才使用的筆記本，打開給少女們看。上面記錄著所有人在假期中的行動。

在某種意義上，這份筆記正是克勞斯的目的。

「彼此分散能夠多方面地觀察世界，也能觀測到所有人集合時所看不見的事物。有了這次假期的經驗，妳們應該可以感受到這一點吧？」

克勞斯在假期中確定了一件事。

那就是讓全員分散開來，可以在短時間內收集到許多情報。拉芙塔妮亞的隱情、海軍基地的陰謀，以及海盜傳說。那些甚至超出克勞斯的預期。

「我們『燈火』——將會離散一年。」

少女們的眼神沒有一絲動搖，看來她們早有心理準備。

克勞斯繼續說。

「妳們要以數人為單位，前往我指定的任務地點。在各地掌握情報、從事間諜活動、完成任務——然後掌握『曉闇計畫』的全貌。」

無法再過著之前那樣的團體生活。最快也要一年多才能再次全員集合。

——一面忍受孤獨，一面在異國他鄉持續欺瞞周遭的人。

這便是「燈火」的少女們接下來所要面對的任務。

百合微微吐舌。

「……這個嘛，若是問我們能否應付世界變革這種等級的任務，坦白說這個問題不太好回答。」

「喂。」

「不過——現在的我們身上背負著其他事物。」

克勞斯明白她說的是什麼。

現在的「燈火」背負著組成當時所沒有的責任。

「……是『鳳』啊。」

在芬德聯邦的土地上，除了一人外其餘全滅的菁英們。要是沒有他們的犧牲，「燈火」恐怕早就被「蛇」給吞噬、毀滅了。

——由「燈火」和「鳳」共同守護這個國家。

出自「鳳」的老大，「飛禽」溫德口中的約定，至今依舊延續著。不只是百合，其他少女們的表情中也蘊藏著決心。

「我們在和老師的教室受過訓練，在和菁英的教室受過磨練。然後，接下來要上另一堂課了。」

百合以強而有力的語氣說。

「課外教學——我們將離開教室，在世界展翅翱翔！」

這本來是克勞斯要說的話，可是百合全都說出來了。

這或許也代表著她身為「燈火」領導人的成長吧。

「——好極了。」

克勞斯懷著敬意點頭稱讚後，百合隨即看向同伴，高舉拳頭大喊：

「既然這麼決定了！現在大家就盡情玩樂吧！這是假期的最後一晚了喔喔喔喔喔喔喔喔！」

用彷彿要將沉重氣氛一掃而空的愉悅語氣這麼說。

其他少女們也同樣舉起拳頭，像要珍惜剩餘時光地開始假期最後的晚餐。

料理和第一天一樣是海鮮燒烤。

被擺在海灘上的，是發電機和巨大的照明。「……這個發電機，是從海軍基地偷來的吧？」聽到緹雅這麼指責，席薇亞趕緊解釋：「之後會還回去啦！」

照明旁邊排放著桌椅，桌椅中間夾著已經燒熱木炭的烤台。在接下來只剩下燒烤食材的時候，百合忽然離開海灘，過一會兒就揹著一個大籠子，和另外一人一起回來。

「我把特別嘉賓，拉芙塔妮亞小姐帶來了喔喔喔喔！」

「小女子帶了大量食材來請大家吃！」

那人是拉芙塔妮亞。

她拉著載滿食材和飲料的拖車，露出潔白的牙齒笑道。她展露有如脫胎換骨般的爽朗笑容，豪邁地用海產排滿整個烤網。聞到陣陣香氣，少女們發出更加熱烈的歡呼。

在這頓晚餐中，克勞斯總共和三名少女有過親密的交談。

每個都是這次假期中令人難忘的對話。

第一位是拉芙塔妮亞。她一見到克勞斯遠離喧鬧的中心，便立刻朝他走來。

「…………唔，克勞斯大人。」

「什麼事？」

「你果然不能跟小女子結婚嗎？……就算不是正室也無所謂……」

「我拒絕。妳企圖讓葛蕾特她們吃下人肉漢堡排，還有把殺人凶器硬塞給葛蕾特的事情，我全都知道了。」

「可是小女子並沒有在克勞斯大人那一份裡面加人肉……！」

「所以只有我那份特別豪華啊……即使如此，這種行為還是不可原諒。」

「嗚嗚，小女子會反省的，之後也會好好向大家道歉。」

「那就好。還有，就跟我之前說過的一樣，我和中將直接談過了。妳的罪行不會曝光，他應該也不會再擴大基地。海盜船將會成為島上的觀光資源，妳家的民宿也會因此忙碌起來。這下子，妳應該沒有理由離開這座充滿未來的島了吧？」

「……嗯，說得也是哩。克勞斯大人果然是小女子的英雄哩！」

「唔，這不好說。」

「小女子也要向席薇亞她們道謝。是她們將自暴自棄的小女子從黑暗中拉出來哩。你有一群很棒的學生呢。」

「是啊，她們是我的驕傲。」

「請你們大家以後一定要再來。到時小女子會再好好地招待各位。」

「……不，即使哪天我來這座島，也不會入住妳的民宿。因為太麻煩了。」

「……………………………………你說什麼！」

由於克勞斯做出理所當然的回應之後，拉芙塔妮亞立刻「小女子這次一定要等到你答應跟我結婚才放手！」地哭著抓住他的腳不放，他只好拜託席薇亞把她帶走。真煩人。

趕走拉芙塔妮亞後，克勞斯正感到鬆一口氣，就見到葛蕾特走了過來。

「……拉芙塔妮亞小姐和老大的感情果然很要好嗎？」

「究竟要產生多大的誤解才會做出這種結論？」

「我開玩笑的……」

她嘻嘻一笑，坐在克勞斯身旁。

克勞斯點頭應允。她也是克勞斯必須面對的對象之一。

「…………吶，葛蕾特。」

「是的。」

「結果真的有海盜船，不是幻影呢。」

「…………！就是啊。」

「我想妳說的沒錯，人生是無法預料的。無論是世界，還是我自身的事情，覺得自己掌握一切的想法或許太自以為是了。」

「就是說啊……」

「可以給我一年的時間考慮嗎？」

「咦……」

「很抱歉拖得這麼久。不過，反正我們接下來都無法見面，我想利用這段時間慢慢面對自己的心。一年後重逢時，我再告訴妳我的心意好嗎？」

「…………好的，麻煩你了……！」

葛蕾特焦急地屏住氣息，用力地點了好幾次頭。

滿臉通紅的葛蕾特離開後，克勞斯看見安妮特躺在沙灘上。

她不在乎自己的衣服和頭髮被弄髒，躺在沙子上仰望夜空。大概是吃飽了吧，她一副心滿意足地撫摸肚子。

克勞斯朝她走近，喚了聲「安妮特」。

「怎麼了嗎？大哥！」

對著立刻笑著坐起身的她，克勞斯開口。

「——可以告訴我，妳對這次假期的回憶嗎？」

這應該是最後的故事了。

島民、海軍、海盜，唯有知曉所有故事的人才能窺見的，安妮特的故事。

◇◇◇

兩人一邊在海灘上漫步，一邊交談。這樣安妮特應該也比較方便說話。聽著海浪拍打上岸又退去的聲音，兩人緩緩地散步。鞋底陷入濕漉漉的沙灘中，冷風從海上吹拂過來。

「妳為什麼要幫拉芙塔妮亞的忙？」

首先提出的是這個問題。

安妮特像在感受每一步的觸感一般，邁開雙腿大步而行。

「因為本小姐對婚禮顧問的工作感興趣──」

「那是為了收買拉芙塔妮亞的心所做的事前準備吧？」

安妮特不可能真的對婚禮感興趣。

因為她到假期後半段就厭倦了，再說她也沒有理由要替拉芙塔妮亞撐腰。

克勞斯想問的是其他事情。

「妳在暗地裡策畫拉芙塔妮亞殺人一事的理由是什麼？」

假期第四天的深夜，島民拉芙塔妮亞犯下的凶行。

這件事不管怎麼想都需要有人協助。拉芙塔妮亞只是普通的少女。光憑她一人不可能找出殺害母親的凶手，更不可能奪走凶手開發出來的凶器並將其殺害。

嫌疑最大的，果然是從第二天到第四天始終和拉芙塔妮亞在一起，被拉芙塔妮亞敬愛到尊稱她為「安妮特大人」的安妮特。

「那個名叫梅爾薛少尉的男人，」

安妮特露出開心的笑容。

「是跟本小姐很相似的人。本小姐馬上就發現他是殺人魔了！因為他在假期第一天，曾經為了挑選下一個殺害對象來到那座海灘。」

雖然不知道為什麼，不過安妮特似乎就是感覺得出來危機逼近少女們。

可是，克勞斯還是無法理解。

「既然如此，妳告訴我不就好了？」

這麼一來，克勞斯馬上就能做出處置。

只要克勞斯從一開始就採取行動，他的惡行應該立刻就會曝光。

「可是妳非但沒有那麼做，反而還費了好一番工夫，特地主動說要幫忙籌備婚禮以取得拉芙塔妮亞的信任，然後煽動她展開復仇。妳這麼大費周章的理由是什麼？」

「…………………………」

安妮特停下腳步，轉過身來。

此時兩人已經離喧鬧的少女們很遠了。安妮特的雙眼捕捉到同伴們搭著肩膀，正在跳著無意義舞蹈的身影。

「本小姐得知了自己的極限！知道自己贏不了莫妮卡大姊。」

她說的大概是之前被背叛的莫妮卡打得半死的事情吧。

那件事情發生之後，安妮特的精神變得非常不穩定。甚至剛清醒沒多久就逃離醫院，打算去殺死莫妮卡。

那是她人生第一次碰壁。

「在莎拉大姊的勸導之下，本小姐開始尋找下一條路。本小姐已經放棄自己動手殺人了。換句話說——就是讓本小姐以外的人去殺人。」

那便是她找出來的答案。

稱之為成長實在過於扭曲。那是少女在得知自身極限後，為了實現願望而採取的下一個手段。

「所以本小姐進行了實驗。本小姐調查拉芙塔妮亞大姊的事情之後發現她憎恨殺人魔的原因，於是就隨便用言語刺激她，讓她去執行殺人行動。」

「………」

「結果非常成功。本小姐只是稍微從旁協助，她就真的殺人了！」

「………………」

「而且——本小姐一點都不覺得心痛。」

我想也是，克勞斯這麼點頭回應。事到如今，安妮特不可能會為了這點程度心生動搖。

只不過，克勞斯感到很意外。

因為安妮特的聲音裡，也混雜著些許不安的情緒。

「………大哥，你對本小姐是怎麼想的？」

「嗯？」

安妮特把臉轉向克勞斯。

「在海軍基地被開發出來的凶器，被殺人魔拿來自由使用，殺害了島民。本小姐接下來要走的，就是那樣的道路！」

發生在島上的連續可疑死亡事件。

被拿來犯案的凶器，是梅爾薛少尉在祕密研究所製造出來的發明品。雖然使用者是梅爾薛少尉本人，不過克勞斯明白安妮特想說什麼。

製作凶器這件事——等於是向世界散布惡意。

她現在準備要走的，是擴散她心中惡意的一條道路。

「即使本小姐變得愈來愈壞，大哥還是願意喜歡我嗎？」

她那微微顫抖的聲音令克勞斯不禁低呼。

因為他從中隱約窺見，從前的安妮特所沒有的情感。

——不安。擔憂。驚恐。憂慮。害怕。

克勞斯回想起她所體驗過的失去。她曾經試圖保護在路上偶遇的黑貓，結果卻失敗了。仔細想想，那場悲劇也是因「墮落論」這個組織將手槍賣給幫派分子們而起。

——莫非失敗和失去所帶來的痛楚，令她心中產生了恐懼的情緒？

儘管那樣一點都不像從前的她，可是克勞斯在察覺到這份變化之後，卻自然而然大大地予以肯定。

「其實——」

他平靜地開口。

「妳原本打算讓拉芙塔妮亞死去對吧？」

「是的，因為本小姐已經不需要她了。」

安妮特滿不在乎地回答。

——拉芙塔妮亞和海盜船一起沉入海底，安妮特與此事的關聯不會曝光。

這便是安妮特在假期間制定出來的計畫。

在溫泉採集硫磺，製造黑色火藥。調查海流。讓百合等人遠離海盜船，設下讓海盜船出航的機關。並且動了手腳，讓少女一人也能擊發大砲。

據百合所言，第一次目睹海盜船的拉芙塔妮亞曾經脫口說出「原來那件事是真的」這句話。

這是因為安妮特事前就告訴過她，就連大砲的存在也是。

「可是，百合她們破壞了那個計畫。」

「…………」

「這就是答案。無論妳變得多壞，我們都會替妳收拾善後。」

克勞斯觸碰安妮特的背。

「不要害怕改變。這個充滿痛苦的世界需要妳的變化。」

克勞斯一說完，安妮特立刻露出喜孜孜的表情，緊抱住他。

「本小姐果然最喜歡克勞斯大哥了！」

「知道了，妳快放開我。很重耶。」

「所以，本小姐要賦予大哥率領的『燈火』新的力量！」

「…………！」

她鬆開克勞斯的脖子，吐了吐舌頭繼續說下去。

「本小姐已經有構想了。

——**『失樂園』**

——**『惡戲娘』**

——**『夢幻劇』**

——**『萬愚節』**

——**『天邪鬼』**

——**『付燒刃』**

——**『高天原』**

本小姐會使盡全力，讓大姊們的特技更上一層樓！」

克勞斯已經知道那份力量的名稱。

在芬德聯邦任務的最終局面，百合發動那份力量，打倒了「白蜘蛛」。

——祕密武器（Last Code）。

安妮特為了「讓別人去殺人」而製作，蘊藏她滿滿惡意的凶器。

她大概打算在海軍的祕密研究所裡將其完成吧。

這是求之不得的好事。

克勞斯在度假期間一直受到不安的情緒折磨。對於離開尚未成熟的少女們這個決定，他不可能不猶豫。害怕學生喪命的恐懼始終困擾著他。

安妮特的提議，是對這份擔憂萬無一失的回答。

「是從什麼時候開始的？」克勞斯忍不住問。

「嗯？」

「妳是從什麼時候開始對『燈火』產生感情的？」

「對本小姐來說，大姊們是玩具啦。」

安妮特轉過身，望向還在熱鬧地舉辦燒烤派對的少女們。因為火力沒有調整好，猛烈火焰瞬間竄出，嚇得少女們花容失色、驚聲尖叫。

注視那幅景象的她右眼發亮，口中喃喃吐出一句話：「她們只不過——」

「是本小姐非常喜歡的玩具——只是一群『我樂多（註：意指破銅爛鐵）』！」

湧上心頭的情緒令克勞斯說不出話來。

安妮特是最棘手的少女。言行舉止離奇古怪，完全無法預測。若要說誰最常惹事，她肯定是「燈火」的第一名。

而那樣的她，如今打算贈予「燈火」最棒的禮物。

（……這或許就是為人師表的喜悅吧。）

這份在遇見她們之前不曾體會過的情緒，讓他肯定了一件事。

——「燈火」一定能夠克服困難。即使分散各地也一樣。

◆◆◆　雙胞胎的故事I　◆◆◆

在萊拉特王國的首都琵爾卡，某位貴族正在進行一生一次、絕無僅有的大賭注。

這個位居侯爵的男人，從事的是自祖父那一代傳承下來的辛香料生意。

萊拉特王國將遠東國家納為殖民地的當時，他的祖父用大筆金錢行賄，獲得了廣大胡椒農場的經營權。他靠著用步槍威脅當地人、強迫他們做苦工，累積龐大的財富，可是世界大戰爆發後，從繼承爵位的瓦托侯爵這一代開始，經營狀況就開始走下坡，原因是當地人開始發動罷工。瓦托侯爵命令人在當地的長子「開槍示威」，可是長子卻因為害怕遭到居民報復而沒能鎮壓騷動。

胡椒農場是瓦托侯爵寶貴的收入來源。貴族的傳統收入是向佃農收取地租，可是近年來由於有許多穀物都從國外進口，使得本國農民逐漸減少。許多貴族害怕沒落，紛紛為了籌錢而絞盡腦汁。

情況已經嚴重到若要平息罷工運動，非得借助其他貴族或軍人之力不可的程度。動員人力需要很多錢，可是瓦托的財產已在這幾年大量銳減。

為了取得大筆金錢，瓦托侯爵來到由惡名昭彰的流希多爾家做莊的地下賭場。

（沒問題的。這樣絕對很安全……！）

那間賭場位在建於首都中央的大樓裡。

這是一間只要坐下來，花出去的錢隨隨便便都會超過一般國民月收入的賭場。裡頭有輪盤和百家樂。在播放庸俗音樂的大廳裡，男人們殺紅了眼，拚命地爭奪籌碼。

瓦托在輪盤台前方十指交握，暗自祈禱。

「侯爵，你差不多該停手了吧？」

「你總不能把自己搞到破產啊……」

許多貴族在瓦托周圍帶著笑意，看著他走向毀滅。那些人和流希多爾家交情甚篤。

輪盤是一種猜測珠子會落進零到三十六之中哪個格子的簡單遊戲。分得的彩金依投注方式而異。可以投注顏色，也可以投注是奇數或偶數，又或者只投注特定數字也可以。當然，中獎機率愈低者則彩金愈高。

「少囉嗦！我豈能就這樣賭輸回去！」

瓦托大吼。

他投注的是從一到十二的數字。中獎機率大約是三分之一。

可是，珠子卻被無情地吸進二十三號的格子裡。

「哎呀～」「就連老天都拋棄你了。」

觀眾紛紛嘲笑。

這是理所當然的。瓦托已連續六次下注高額賭金卻都失敗了。他所擁有的資產已經消失了約莫五分之一。

瓦托一臉焦躁地抱頭哀號。他低著頭，額頭上冒出汗水。

賭客們帶著愉悅的神情，對發出苦悶呻吟的瓦托搧風點火。

可是在鬧哄哄的大廳中央，事實上他卻是歡喜到全身顫抖。

（不會有錯……！）

為了不被周圍的賭客發現，他不斷假裝自己很著急。

（那個荷官能夠讓珠子進到他鎖定的位置……！）

輪盤台旁，金髮荷官一副事不關己地吹著口哨，將瓦托放置在桌上的籌碼收回。

瓦托看著他的側臉，一邊回想從與他長得一模一樣的青年口中聽來的話。

——那是他在進行大賭注的兩天前，從某位占卜師那裡聽來的。

那位占卜師是朋友介紹的。據說那位占卜師只要見到對方，就能說中對方的家庭環境、苦惱、不為人知的野心，並且給予建言。有的人在聽從占卜師的建議之後一切變得很順利，就連資產都增加了好幾倍；也有的人得以與分別許久的親友重逢。

這話雖然聽起來很可疑，不過瓦托還是姑且請那位占卜師到家中，結果占卜師一見到瓦托就說：『你好像在為錢的事情煩惱呢。』被說中的瓦托忍不住嘴硬反駁：『這點程度的事情，任誰都猜得到。』然而青年又以一句『這件事你也不敢告訴尊夫人？』猜中他的心思。

『我一直很想見你——你要不要跟我們聯手？』

稍作交談之後，占卜師突然這麼提議。

『我哥哥在流希多爾家經營的地下賭場當荷官。他已經事先潛進去了。』

他對愕然失語的瓦托低聲說道。

『你應該知道流希多爾家的蠻橫作為吧？他們的行為不可原諒。』

瓦托當然曉得。

流希多爾家從事的不只是地下賭博，還有奴隸買賣。他們是從殖民地誘拐美女和美少女賣給其他貴族，行徑有如惡魔的一群傢伙。不僅如此，他們還跟黑幫合作，除了身為貴族的地上社會外，也在地下社會暗中活躍。

『賺來的錢你可以全部拿走，我們的目的是要懲罰流希多爾家。我們一直在尋找像你這樣，能夠名正言順地投注巨款的人。』

這個提議實在來得太湊巧了。『我沒辦法相信你。』瓦托一口回絕他，又說：『因為要是你撒謊，我就只能落得因為賭博損失大筆金錢的下場。』

青年面不改色地說：

『我願意成為人質。請你監禁我，萬一覺得情況不對，你大可毫不猶豫殺了我。』

瓦托看著據說是占卜師的哥哥的荷官，再次感到錯愕。

他事前曾派部下做過調查，不過親眼見到之後依舊覺得難以置信。

（已經連續十次了……）

珠子輕易就被吸往對方事前所說的格子。

瓦托的第一個想法是荷官動了手腳，但這是不可能的。

過去的確有地下賭場在輪盤台上安裝磁鐵，可是馬上就被發現了。另外也出現過讓輪盤台傾斜的手法，不過也一樣被抓包。

輪盤是所有賭客都會注視著珠子的遊戲。只要珠子的行進軌跡稍有不自然，眼尖的賭客立刻就會察覺，因此要詐賭相當困難。

所有人都只能聽天由命——輪盤會被稱為「賭場女王」就是這個原因。

『儘管如此，我哥還是有辦法讓珠子進到他鎖定的號碼裡。這不是詐賭，純粹是一種技術。雖然有些荷官能夠鎖定珠子進入的區域，可是連號碼都能精準鎖定的人，找遍全世界就只有我哥。而且，這件事連莊家都不知道。』

荷官撥轉輪盤時並沒有看著輪盤台。

這也是用來防止莊家詐賭的措施。

——可是，假使世上真有即使不看某個格子和珠子，依舊能讓珠子進到鎖定位置、神乎其技的荷官呢？

這名荷官擁有連輪盤的根本都能扭曲的神之手。

『最後，你只要假裝自暴自棄，把所有錢都拿去下注就好。』

瓦托回想青年的建議，下定決心。

這名占卜師不可能會背叛自己。因為他正被關在瓦托家的地下室裡，受到守衛的監視。他的性命掌握在瓦托手中。

「這、這是全部了！神啊啊啊啊，給我力量吧！」

他將手中所有的籌碼都押注下去。

賭客們歡聲雷動。

「實在是太難看了。」「他終於神智不清了啊。」「真是可憐。」

那些人會有這種反應是正常的。

瓦托只對一個數字下注。中獎的機率為三十七分之一。這樣的行為與自殺無異。假使落空了，瓦托的財產將有一半會消失。

可是如果贏了，他將得到令莊家流希多爾家瞠目結舌的龐大金額。

（！你們這些蠢蛋，完全被我的演技騙倒了。）

瓦托回想起那名占卜師的微笑。

他握緊拳頭，注視著旋轉速度逐漸變慢的輪盤。

（這場一生一次、絕無僅有的大賭注，獲勝的是——）

瓦托下注的格子是三十一號。那是事前約定好的號碼。

可是，珠子卻無情地——被吸進一號格子裡。

「嗄？」

彷彿全身凍結的感覺。心臟被人直接掐住般的恐懼，令大腦頓時停止思考。儘管周圍的觀眾對自己冷嘲熱諷，內容卻都傳不進耳裡。

應該是哪裡搞錯了，如此心想的他看著荷官。

掛在他嘴角的是淺笑——宛如宣告死期的死神一般。

「啊啊啊啊啊啊啊啊啊啊啊啊啊啊啊啊啊啊啊啊啊啊啊啊！」

瓦托瘋狂地大吼大叫，放聲痛哭。他像壞掉的機器一樣哭訴著：「詐賭啊啊啊啊！」，卻沒有任何人聽信他的話。

瓦托侯爵的醜態掀起話題，成為周遭一帶的笑柄。

◇◇◇

在流希多爾家開設的賭場樓上，四名男子撫掌大笑。

房間中央，一個名叫伊扎克的男人津津有味地喝著葡萄酒。

他是流希多爾家當家的二兒子。三十四歲的削瘦男子。

他是這間地下賭場「維京」的負責人。平時的工作是為追求刺激的貴族們帶來娛樂，不過有時也負責讓礙事的貴族從舞台幕前消失。

他對眼前剛立下大功的荷官予以讚賞。

「哎呀，真是精采，這下子瓦托侯爵徹底完蛋了。那個胡椒農場的經營權應該也會被我老爸收購下來吧。」

「那種程度的傢伙沒什麼大不了啦。」

荷官青年囂張地翹著二郎腿，和伊扎克一樣正在享用葡萄酒。他沒有配合樂不可支的伊扎克等人，逕自把葡萄酒當成水一樣狂飲。

這名青年有著一副飄忽不定、難以捉摸的笑容，年紀好像是二十歲後半。他將一頭絲緞般的美麗金髮中分，大大地露出額頭，長相十分討喜。他笑的時候嘴角會高高地揚起，開朗得就像十幾歲少年一樣。

光看他的外表，實在讓人想不到他其實是一名誘騙過好幾位貴族、宛如死神的遊戲師。

金髮青年不客氣地抓起伊扎克面前的起司，拋進嘴裡。

「對了伊扎克先生，差不多該給我報酬了吧？」

「是啊，這已經是我們約定的第五人了。拿來吧。」

伊扎克和青年有著合作關係。

為了誘騙敵對的貴族，他於是借助青年的力量。青年擁有魔法般的本領，有辦法將假裝偶遇的目標介紹來賭場，令對方深陷賭局圈套，最終走向毀滅。

對於將五名貴族導向毀滅這份工作，他所要求的報酬是情報。

伊扎克遞出命令部下從金庫拿來的文件。

「這是兩年前暗中支援反政府革命的地下社會人士的名單。就連諜報機關『創世軍』都尚未掌握這則情報。」

「喔，就是這個啊～」

青年一臉佩服地看著名單。

這是和地下社會往來密切的流希多爾家才有辦法取得的情報，裡面記載著兩年前以失敗告終的革命運動的關係人清單。那場騷動雖然最後遭到王國警方鎮壓，但是因為有許多黑幫分子也在暗中出手相助，所以曾有一段時期甚至派出了軍隊。

「所以，你打算怎麼利用這份名單？」

伊扎克神情愉悅地發出吞嚥聲。

「光是將這份名單洩漏給諜報組織，這些傢伙就死定了。以此作為要脅想必效果絕佳——」

這時，伊扎克注意到了。

金髮青年的翠綠色眼眸中，蘊藏著追捕獵物的野獸般凶惡的殺氣。

「你該不會……」

察覺到的事實令他不禁屏息。

這名青年企圖完成的，是萊拉特王國的民眾上百年來始終未能實現的夢想。

「為了你好，我勸你最好別那麼做。」

他壓低聲音說。

「那件事在這個國家是不可能實現的。情報只要稍微洩漏出去，『妮姬』就會——」
「我知道。我不會明目張膽地行事，也會確實做好封口工作。」
青年將資料摺起來，收進自己懷裡，然後帶著輕蔑的笑意宣告。

「——你們也將全部命喪於此。」

房間裡包括伊扎克在內的四名男子為之愕然。
方才爽朗的笑容從青年臉上消失，他用扎人的銳利目光看著四人。
「怎麼？你們以為自己身在安全區裡嗎？你們分明也是專拿王族不要的東西、占盡便宜的惡質貴族。」
青年「嘿！」地輕快站起身，接著將腿一甩，靈巧地把鞋子踢向正上方。手槍從鞋底掉出來，青年伸手抓住。他明明喝了葡萄酒卻感覺毫無醉意。
伊扎克臉色蒼白。
「誰、誰快來把這傢伙給殺——」
「——沒用的啦。我弟弟已經採取行動了。」
青年聳了聳肩。

「你也只要見到有人一身邋遢，就能猜到對方應該是個窮人吧？我弟弟的觀察力可是比平常人要精確幾百倍、幾千倍。警衛已經被收買了。」

伊扎克完全無法理解青年的話是什麼意思。

假使真有那種宛如超能力的本領，收買他人應該是件易如反掌的事情。能夠輕易掌握對方的弱點，加以威脅。

「既然被我們兄弟盯上，就表示你的氣數已盡。」

金髮青年高舉手槍，揚起嘴角。

「好了，告訴我——我該陪你玩這場遊戲到什麼時候？」

◇◇◇

從前曾經有一對雙胞胎在萊拉特王國暗中活躍。

——遊戲師，「煤煙」盧卡斯。

——占卜師，「灼骨」維勒。

擔任「火焰」的核心人物、與克勞斯情同手足的雙胞胎，生前曾在這個國家大顯身手。

◇◇◇

「煤煙」盧卡斯雖然對地下賭場「維京」的莊家大大地裝模作樣了一番，可是因為他完全沒有格鬥能力，所以後來陷入了一場苦戰。在極近距離下發射的子彈沒有擊中，於是他和趁機從混亂中脫身的伊扎克等人上演了槍戰。雙方都用盡子彈之後，最後是由事先在手錶裡藏毒針、在袖子裡藏鐵絲、在鞋子裡藏十字弓的盧卡斯，憑著大量武器勉強獲勝。

盧卡斯給了男人們致命一擊後，一邊說「你們可真是強敵。如果是克勞斯，他說不定會敗給你們」一邊擦掉沾在臉頰上的鮮血，接著迅速搜索他們的祕密基地，拿走值錢物品和「順便的東西」。

他換掉染血的衣服，若無其事地離開建築物，融入迎來平靜假日夜晚的街道的喧囂中。

他來到事先決定好的小巷，和弟弟維勒會合。

長得和他一模一樣的弟弟，一副事不關己地朝他揮手。

「哥，辛苦了。」

「喔！真不愧是我弟，你這麼輕易就從瓦托的宅邸逃出來了啊。」

「那當然。那個人太沒有人望了。我只是幫警衛介紹好對象，他就二話不說放我走了。哥，你那邊的情況好像比較辛苦喔？」

「簡單啦，簡單。那種傢伙才不是我的對手哩。」

「可是你卻比集合時間晚了好久才到。」

「……弟弟的嚴厲批評讓哥哥我好想哭。」

見到盧卡斯沮喪地垂下肩膀，維勒皺起眉頭。

因為他注意到有一名少女站在盧卡斯身後。那名少女身穿輕薄的禮服，年紀大約不到十五歲，有著一頭比哥哥顏色更淺的金色長髮。如睡袍般輕薄透膚的衣服上，披著盧卡斯的夾克。

「那孩子是誰？」

「她被那些傢伙關起來了。也許是生財工具？」

少女就是他在伊扎克的祕密基地找到的「順便的東西」。

從服裝來看，少女可能原本預定要被賣到某處吧。

「……呃，你把她帶來了？」

「我總不能放著她不管吧。她要是繼續待在那裡，遲早會成為某個貴族的玩物。」

她的名字叫做蘇西，似乎沒有戶籍。

「我決定僱用她當我們的傭人了。」

「你又這麼自作主張……」

維勒雖然傻眼地嘆氣，卻沒有強烈地表示反對。他彎下腰，和少女平視。

「……抱歉喔，我哥是個笨蛋。」

「注意你的措辭。」

聽完兩人鬥嘴，蘇西微微笑答：「不會，我很開心……」。看樣子，她也對盧卡斯的決定沒有異議。

仔細詢問之下，才知道她以前住在孤兒院裡。清秀的容貌為她帶來災難，害她被孤兒院的院長賣給伊扎克。戶籍好像也在當時被刪除了。

比起回去孤兒院，受盧卡斯保護對她而言應該要好得多。

「這樣很好啊，能用的東西就該物盡其用。」

盧卡斯聳了聳肩。

「畢竟我們今後可能連外出購物都有危險，不如就給蘇西足夠的薪水，讓她幫忙做事吧。」

聽了那句話，蘇西的肩膀為之一震。

維勒見到她的反應，咧嘴一笑。

看來她是個非常聰明的女孩。她似乎在見到盧卡斯的言行舉止之後，立刻就察覺雙胞胎企圖做什麼了。

「…………勸你們不要那麼做比較好。」

蘇西用顫抖的聲音開口。

她表情痛苦地抓住盧卡斯的袖子，激動大喊。

「會被『妮姬』殺掉的……！大家都知道，只要做壞事，『妮姬』就會來。不可以違逆國王啊……！」

連無法上學的孩子都知道的恐懼對象——「妮姬」。

服從絕對權力者萊拉特王國的國王，最強諜報機關「創世軍」的絕對頂點。甚至掌握警方、軍方、法院，超越間諜領域的女人。

「無論什麼消息都會傳進『妮姬』耳裡。只要說一句壞話，她馬上就會前來索命……！」

蘇西怯生生地環顧四周，低聲說道。

盧卡斯二人當然也知道。

世界大戰時，他們曾經以「火焰」成員的身分與她聯手。在另一種意義上，她和「紅爐」同為超越人類領域的間諜。

盧卡斯臉上浮現淺笑。

「我才不管哩。很不巧的，我這個人從來沒輸過。我可是千戰不敗的遊戲師喔。」

「你騙人，你明明就經常在賭博時賭輸。」

「記住了。既然妳是我們的傭人，我就告訴妳一個真相。」

無視維勒的指謫，盧卡斯拍拍蘇西的肩膀。

「無論對方是什麼樣的敵人——**最後勝利的都會是兄弟（我們）**。」

盧卡斯露出堅定的笑容，咂舌一聲。

浮現在他腦海裡的，是「炮烙」蓋兒黛對他說過的話。

◇◇◇

在「火焰」的據點陽炎宮裡，盧卡斯對某個疑問百思不解。

世界大戰結束後的第九年，克勞斯被指派某件特殊任務，暫時離開了「火焰」。這件事情本身並不稀奇，也沒有什麼值得懷疑的地方，唯獨交派那件任務的基德的態度讓他覺得有些古怪。

於是他前來拜訪在談話室裡休息，「火焰」中資格最老的成員——「炮烙」蓋兒黛。

那名老婦人一身坦克背心搭配牛仔褲的休閒裝扮，正在大口喝著啤酒。她露出經過鍛鍊的精實上臂，悠哉地聽著收音機。

她一看見進到房裡的盧卡斯便舉起酒瓶。

「怎麼，盧卡斯？你終於想要接受我的訓練了嗎？」

「拜託別開玩笑了，蓋兒老太婆。妳那句話聽起來根本就是在對我宣判死刑。」

盧卡斯苦笑帶過之後，接著問道。

「我問妳，老大和基德先生最近是不是怪怪的？」

他才說完，蓋兒黛就把酒瓶放在桌上。

「喂，盧卡斯。你知情到什麼程度……」

「是我和我弟的直覺。」

維勒當然也有察覺到不對勁。

應該說，維勒在這方面的洞察力其實比盧卡斯更加敏銳。

「我弟也很擔心喔，還說『感覺相當危險』。既然連我弟都如此不安，就表示事情絕對非同小可。況且，我以前也聽說過奇怪的傳聞。」

盧卡斯說出那個詞。

「——『曉闇計畫』。」

蓋兒黛的眉毛動了一下。喝醉時的她，很容易就會讓情緒顯露在表情上。

「……是喔，你是在哪裡聽說的？」

「是我和基德先生一起出任務，從像是軍人的女人身上捲走所有財產時。」

盧卡斯沒有被告知任務的詳情。

他接到基德的命令，要他在某個中立國盯哨一名女子。盧卡斯厭倦了只是尾隨，於是就把女人引誘到賭場，令她掉入圈套。在他執拗地煽動、反覆進行精神攻擊之下，失去餘裕的女人喃喃地說。

──『備受「白蜘蛛」大人期待的「銀蟬」我真是太不中用了……！』

──『阻止「曉闇計畫」的菁英居然敗在這種普通人手裡。』

女人大概以為沒人聽見她的嘀咕聲吧。

但是盧卡斯會讀唇語，只要對方的嘴唇稍微動一下，他就能讀懂內容。那個名叫「銀蟬」的女人太大意了。當然，這也是因為盧卡斯將她折磨到精神紊亂的緣故。

後來，盧卡斯並沒有聽說基德是如何處置她。

大致說明完之後，蓋兒黛左右搖頭。

「老大已經決定不告訴你們，事情當然也不能從我這裡洩漏出去。」

「喂喂喂，意思是要排擠我們嗎？」

「這大概就是那個小女孩的決心吧。」

「……………」

沒能讓蓋兒黛說出實情，盧卡斯不滿地嘛起嘴唇。

既然蓋兒黛決定不說，盧卡斯也是束手無策。她非常清楚盧卡斯有多少能耐，畢竟他們已經認識超過十年了。

不過盧卡斯也並非全無收穫。

——「火焰」的老大被捲入甚至無法找同伴商量的難題中。

這個事實令盧卡斯的心情更加焦躁。

「啊～可惡，真教人不爽。既然如此，我看我乾脆揪克勞斯和維勒一起大鬧一場好了。等著瞧吧，只要我們拿出真本事，就算是讓這個國家的政治家全都變成爆炸頭也不成問題。妳們就等著被我們的全力抗議嚇到發抖吧！」

就在他大大地轉動手臂，準備衝出房間的時候。

「——那個計畫是起源於萊拉特王國。」

耳邊忽然傳來蓋兒黛的聲音。

他疑惑地轉頭望去，只見蓋兒黛一副放棄似的嘆氣。

「我只是在自言自語……我現在能告訴你的就只有這樣了……」

她同時叼起兩支香菸，用打火機點燃。

「如今『火焰』正面臨巨大的分歧點。你的擔憂讓我感到很欣慰……」

看著她吐出的細長煙霧，盧卡斯自然而然下定了決心。

◇◇◇

「老太婆的話讓我大概知道是怎麼回事了。總之，就是這個腐敗至極的王國心懷不軌，然後老大和基德先生都被牽連其中。」

讓蘇西在藏身處睡著之後，兩人為計畫的第一階段結束開起了慶功宴。他們將從伊扎克的祕密基地偷來的高級葡萄酒倒入杯中。

盧卡斯一口氣飲盡杯中物，將頭髮往上一撥。

「既然如此，我們要做的事情就只有一個。反正這個國家本來就讓我很不爽。」

兩人是自作主張潛入萊拉特王國，並沒有向「火焰」的老大告知此事。他們謊稱大概一個月就能結束的任務「需要花上一年時間」，繼續留在這個國家生活。

當然，老大並不是一個察覺不出這番失控舉動的人。

不知是故意放過他們，抑或事態已緊迫到她無暇留意。

面對盧卡斯堅定的決心，維勒面露苦笑。

「……哥，你真的很蠢耶。」

「你還不是陪我來了？」

「因為憑你一人根本辦不到啊。」

「……感謝你冷靜的判斷。有你這個弟弟真好。」

「——好極了呢。」

「——好極了耶。」

盧卡斯淺淺一笑。

「賭上一切（All bet）吧。只要是為了保護『火焰』，就算賭上一切我也無所謂。」

在「火焰」裡，盧卡斯的地位無疑是核心人物。

比誰都身處在「火焰」的中心。利用優秀的工藝技術，支援費洛妮卡、基德和蓋兒黛，同時引導經驗尚淺的海蒂和克勞斯成長。

將來有望成為「火焰」下一任老大的間諜。至於弟弟維勒則始終忠誠地跟隨那樣的哥哥。

因此，兩人將在萊拉特王國展開行動。

「動手吧。我們要將這個王國——」

巧的是這句話的後半段，將在兩年後由兩名少女接替下去。

◆◆◆

世界大戰結束的九年後，「火焰」的雙胞胎開始在萊拉特王國暗中活躍。

世界大戰結束的十年後，「火焰」在「炬光」基德和「蛇」的計謀下毀滅。倖存的「燎火」克勞斯組成「燈火」。

世界大戰結束的十一年後，達成許多任務並打倒「蛇」的「燈火」，在馬紐斯島度過難得的假期。

之後又過了一年時間，世界大戰結束的十二年後——新世代的兩人組出動了。

◇◇◇

對於早晨的寂寥已經完全習慣了。

帶著惺忪睡眼來到洗臉台前洗漱。冰涼的水濺起，把衣領也弄得濕答答的。回到臥室，脫下濕掉的睡衣，穿上指定的學校制服。因為學校指定配戴、材質硬挺的領結皺掉了，於是試著用手指用力拉平，可是卻怎麼拉都還是皺皺的，只好從衣櫃拿出備用的領結。

這裡是萊拉特王國首都琵爾卡的破舊公寓。

打開窗簾，強烈的晨光照射進來。

還賴在床上的同居人發出不愉快的呻吟，像要逃離光線似的蜷起身體，縮到床的角落。

一邊對完全沒打算起床的同居人感到傻眼，一邊站在房間的鏡子前。

鏡子裡理所當然地映照出自己一如往常的身影，可是這一天看起來卻有些不同。

「嗯？愛爾娜好像長高一點了呢。」

愛爾娜為鏡中的自己覺得感動。

因為最近老是把注意力放在剪短的頭髮上，很少去留意其他事情，也沒發現從裙子露出來的雙腿，已經比當初來到這個國家時多出一大截。

這也難怪了，她不由得喃喃自語。

——從間諜培育學校被挖角到「燈火」至今，已經過了兩年。

生化武器「地獄人偶」的任務花了兩個月，刺客「屍」的任務花了一個多月，在穆札亞合眾國執行「紫蟻」的任務也花了一個多月；後來三個月匆匆過去，在極東和「鳳」對立又和解，然後度過一個月的蜜月期；接著在芬德聯邦與ＣＩＭ和「蛇」展開謀略戰、休假，之後在萊拉特王國居留一年至今。

當初加入「燈火」才十四歲的愛爾娜，如今已經十六歲。

身高自然會長高了。

「呢！」

擺出勝利姿勢之後，愛爾娜對還裹著棉被的同居人出聲。

「安妮特，快起床呢。再睡下去會遲到呢。」

她走到床邊，搖晃安妮特的身體。

「……………本小姐今天上午也要請假。」

愛爾娜忍不住嘆氣。

「妳差不多就快遭到退學處分了呢。留學生居然幾乎每天都睡過頭，真是前所未聞。」

「是愛爾娜妳太認真了。」

「…………唔。」

「請妳好好學學本小姐…………呼……」

看來不管用什麼方法都叫不醒她了。

要是再陪安妮特耗下去，搞不好連愛爾娜也會遲到。於是她用麵包和湯打發完早餐後，便自己出發前往學校。

聖卡達拉茲高等學校的交換留學生。

那便是愛爾娜二人現在的身分。

畢竟已經就讀一年時間，上學途中的景象也漸漸變得習以為常。隨著愈來愈接近學校，好幾個認識的人走過來，用優雅的語氣「早安」、「妳今天也好漂亮喔」地對愛爾娜打招呼。

因為這是一間女校，所以她們全是和愛爾娜身穿相同制服的少女。

「嗯，早安……」

愛爾娜也小聲回應她們。

對不擅長與人交流的愛爾娜而言，校園生活原本令她感到非常不安，不過現在她也已經交到朋友了。

就連不幸體質——她自己當成是這麼回事的自罰體質，也因為最近自我肯定感提升而逐漸有所改善。雖然感應不幸預兆的能力還在，卻不會再不慎波及周遭其他人。

這一點消失之後，愛爾娜就只是一名稍微不善言詞、像洋娃娃一樣可愛的女學生。

其他女學生笑瞇瞇地對她說：

「下個月返校日的事情，妳聽說了嗎？聽說今年好像會盛大舉行喔。看樣子，接下來得忙著準備了。」

「唔，可是下個月明明還要考試……」

「就是說啊。啊對了，車站那邊開了一家感覺很不錯的餐廳。聽說是那位知名廚師尚恩・杜蒙監修的喔。」

「嗯，我想去。」

「呵呵！妳的表情都亮起來了呢。」

學生之間隨處可見的悠哉對話。

愛爾娜很喜歡這樣的生活。儘管有時也會忽然感到寂寞，但是她並不討厭和同年代的少女們一起認真讀書、放學後一起玩耍的時光。

可是，偶爾她也會感受到與她們之間的隔閡。

「——哎呀，妳們看那個。」

一名女學生毫不掩飾心中不悅，大聲地說。

校門前，一名衣著破爛的男性坐在那裡。他的面前擺著空罐，手裡拿著寫了「給我錢或是工作」的看板。

聖卡達拉茲學校的門前，接送學生的車輛綿延不絕。衣衫襤褸的男人對男司機投以諂媚的目光，卻沒有任何人理睬他。學生們也別開視線，視若無睹地走進校門。

「真是的，那是遊民呢。」

「髒死人了。學校的警衛到底在做什麼啊？」

「一早就讓人心情不愉快。啊啊，我們還是屏住呼吸趕緊通過吧。」

愛爾娜周圍的女學生們露骨地表現出嫌惡之情。

說話聲恐怕也傳進男人耳裡了吧。她們是明知會被聽見還故意這麼說。

「…………………………」

這也是愛爾娜已經習慣了的日常。

就讀聖卡達拉茲高等學校的學生，大多數都是貴族和資本家的千金。必須捐贈大筆金錢才有辦法入學，是一間專為上流階級設立的學校。

她們對平民抱持著歧視心態。

自己人之間卻不會互相批評。對她們來說這麼做是理所當然，行為之中甚至缺乏惡意，有的只是「一早就被迫看見令人不快的東西」的被害者意識。

愛爾娜也和其他女學生一樣，經過男人身旁。

「…………對不起。」

勉強小聲擠出這句話。

其他女學生疑惑地歪頭。

「嗯？妳剛才有說——」

「我什麼都沒說呢。」

愛爾娜立刻搖搖頭，敷衍過去。

女學生突然發出「呀啊啊啊！」的尖銳歡呼聲。

「各位，妳們剛才有聽到嗎？」「是『呢』！我聽見那個珍貴的『呢』了！」「啊啊，想必我今天一定會非常幸運吧！」「呢！呢喔喔！」

「…………………………………………」

見到同學們如此興奮，愛爾娜不禁沉默。

「呢」這個口頭禪原本是她為了讓自己看起來比較稚嫩，才在無意識間養成的習慣。佯裝成年幼可愛的少女，自導自演降臨在身上的不幸，這便是她的處世之術。

可是，愛爾娜已經十六歲了。

她雖然每天都告訴自己差不多該把「呢」封印起來了，卻無論如何偶爾還是會脫口而出。

◇◇◇

愛爾娜的活動是從晚上才開始。

她會就讀聖卡達拉茲高等學校完全是為了掩飾真實身分。她只有在瞞著學校打工的時候，才總算能夠以間諜身分展開行動。

打工地點是萊拉特王國的一間律師事務所。她一星期會到那裡工作四天。

「妳真是幫了我好大的忙啊～自從妳來了之後，事務工作一下就處理好了。」

「謝謝誇獎。」

見到加百列律師佩服地鼓掌，愛爾娜恭敬地低頭致謝。

年紀輕輕就開設律師事務所的加百列‧馬修為人和善，即使是賺不了錢的案子也願意接下而聞名。雖然很難說有做出什麼亮眼成績，但是因為他不會拒絕委託，所以每天都會有工作上門。

只不過由於他很不會整理，事務所經常是一片凌亂。

愛爾娜一邊將文件彙整起來進行裝訂，一邊點頭。

「我才要感謝您願意瞞著學校讓我在這裡工作。」

「不用謝啦。再說，年輕留學生這麼勤奮努力，這不是一件好事嗎？像妳這樣會讓人想要替妳加油的孩子已經不多嘍～」

加百列哼著歌，一面詳讀開庭紀錄。這名紅髮男子今年三十四歲，臉上蓄著不適合他的鬍鬚。他好像又接手其他律師放棄的官司案件了。加百列已婚，但是因為他不在乎金錢，所以夫妻倆經常起爭執。

愛爾娜將一份文件遞給他。

「律師，請問這份資料應該裝訂在哪個檔案夾裡……？」

「嗯？」

加百列只瞥了一眼，隨即恍然大悟地笑了。

「喔～這是上星期的案子啦。委託人只是把獵槍保管在倉庫內，就被以預謀內亂罪起訴，實在是太誇張了。我雖然會替他辯護，可是搞不好還是難逃刑責，因為上個月也有相同案例被判處徒刑。王政府到底在害怕什麼啊？」

他這個人腦袋靈光，口風卻很鬆，總是很乾脆地就把事情說出來。

這便是愛爾娜在此工作的理由。

每天都會有許多事件的紀錄聚集到馬修律師事務所裡，而那些大致都是被法院駁回——也就是平民和上流階級之間的糾紛。

即使是其他律師事務所敬而遠之的案件，個性善良的加百列也都願意接下。

愛爾娜整理的官司相關文件中，記錄著案件詳情。

——五月二日。譚古丁大道二丁目的出版社「莫納袞圖書」被勒令停業。根據王國檢閱局的調查，有五件刊物符合「擾亂王國風紀之表現物」。社長及員工遭逮捕，估計將被求處徒刑。

——二月八日。首都西端，吉戈陸軍中將宅邸的牆壁遭人塗鴉。該譴責王國政府的塗鴉藝術，被認為是匿名藝術家馬克辛的作品。附近的男性居民遭逮捕，但他否認自身嫌疑。依照慣例通常會科處罰金，檢察官卻反常地求處徒刑。

——四月七日、八日。圖爾庫大學的教授和學生共十二人，被以叛國罪遭到逮捕。教授在課堂上反覆譴責政府。教授等人還被認為曾製作以反政府為主題的電影。

發生在萊拉特王國，反政府活動與取締的鬥爭。

加百列律師本身雖然沒有反政府思想，不過因為他承接了其他律師敬而遠之的案子，於是就聚集了這麼多。

當然，文件內也記錄了個人情報。為了進行辯護，除了姓名、年齡、住址外，有時也必須了解當事人的經歷、人際關係。

王國各地擁有反政府思想的人，其龐大資料都聚集在事務所裡。

愛爾娜將那些資料偷偷地抄寫下來。

（情報慢慢累積得愈來愈多呢——）

她已經在這裡工作半年以上，收集到相當長一串名單。

就在她想著「得設法將這份名單安然送到同伴手上呢」，一邊搬運資料時。

——她不小心踩到散落在地上的紙。

「呢喔喔喔喔喔喔喔喔喔喔喔喔喔喔喔！」

「呢？」

紙張滑動，愛爾娜因此跌了一大跤。

加百列跑過來關切：「妳沒事吧？」，然後對著跌坐在地的愛爾娜苦笑。

「妳雖然很優秀，不過偶爾也挺冒失的呢。」

「不幸……………」

愛爾娜嘆口氣，甩開掉在頭上的紙。

因為跌了一大跤，好不容易整理好的文件被她撞倒，許多紙張從裝訂好的檔案夾中掉出來。

於是，她趁機抓起其中一張，拿給加百列看。

「律師，請問這個案子是發生在哪裡的事件？」

「喔～那個啊～」

加百列很乾脆地就解釋給她聽。他明明為人親切、記憶力又好，然而身為律師，他履行保密義務的意識卻顯然十分低落。

可是也多虧有他，愛爾娜的諜報活動進行得相當順利。

◇◇◇

愛爾娜會將在律師事務所抄下的筆記帶回家。因為她要在家裡轉製成微縮膠捲，所以回家路上必須非常小心，以免被捲入麻煩之中。

可是，唯獨兩個地方她總是會順道前往。

一個是烘焙坊。她會衝進為了單身勞工開到很晚的商店，搶購沒賣完的麵包。她兩手抱著書包和麵包，走在都市的小巷裡。

途中，她重重吐了一口氣。

（……每天都好累呢。）

白天扮演學生，晚上打工。而且那些都是她身為間諜，為了掩飾真實身分、完成任務所做的事情。完全沒有時間可以放鬆心情。

但是，間諜本來就是如此。

在此之前，「燈火」從未在一個國家停留超過兩個月。這是基於團隊「必須在世界各地移動，執行同胞未能達成的不可能任務」這項特性的理由。

身為間諜，必須時時欺瞞周遭所有人的孤獨令她飽受折磨。

她已經有好一陣子，沒有見到安妮特以外的「燈火」成員了。

（……但是不要緊呢。目前還沒有露出破綻。只要照現在這樣慢慢地——）

正當她一邊聞著麵包的香味，一邊鼓勵自己時。

「——妳來這裡做什麼？」

愛爾娜進到小巷之後，忽然有聲音從背後叫住她。

對方似乎藏身在暗處。三名身穿軍服的男人站在那裡，堵住愛爾娜的退路。

站在最前面的是一名光頭男性。由於輪廓深邃，他的眼睛像是從臉上浮現一般突出。他渾身散發出平靜的殺氣，朝停下腳步的愛爾娜走來。

「我們是『創世軍』尼盧法隊的人。妳一個留學生在這種小巷裡做什麼？」

愛爾娜輕輕咬住嘴唇。

「創世軍」——萊拉特王國的諜報機關。

寄生於上流階級，憑著出色的防諜技術擊潰國內反叛分子的人們。

愛爾娜也聽過尼盧法隊這個名字。該集團專門在這個地區壓制擁有反政府思想的人，在加百列律師的開庭紀錄中也出現過好多次。

愛爾娜裝成柔弱少女，垂下視線。

「我來送麵包給這些人……」

沒錯，愛爾娜來到的這條小巷裡，聚集了許多跟她早上見到一樣的遊民。每天三餐不濟的他們聚集在巷子裡，靠著翻找剩飯和教會的施捨保住性命。

此時，愛爾娜的周圍已聚集了四名實在稱不上衣著整潔的男人和小孩。這些人要是沒有愛爾娜的麵包就會挨餓。他們之中也有人因為擁有反政府思想遭到逮捕，最後失去了工作和住所。愛爾娜也是在律師事務所得知此事。

尼盧法隊的男人們一副早就知情地點頭。

「沒有錯，我們已經調查過了，妳每天晚上都會搶購沒賣完的麵包，分送給這裡的人。妳可真有心啊。」

他扭曲的嘴角充滿嘲諷。

「——給糞坑裡的垃圾食物有什麼用？」

「……………！」

整張臉頓時發熱。

儘管早知道他們的心態是如此，聽見時還是覺得不可原諒。

「妳是聖卡達拉茲的留學生吧？給我好好讀書就好。」

三人之中似乎擔任領導人的男子瞇起眼睛，對愛爾娜露出輕蔑的眼神。

「我也已經知道妳在律師事務所打工了。居然把好不容易賺來的錢扔進水溝裡，真教人難以理解。」

「！這些人是——」

「是不肯努力的懶惰鬼。他們現在能夠在這裡生活，都是多虧高貴的人們趕跑了加爾迦多帝國的畜生們。然而他們卻忘了感恩還到處散布惡臭，真是一群垃圾傢伙。」

三人揮手趕跑遊民們，包圍住愛爾娜。

「——雙手舉高，我們要對妳進行偵訊。」

嚴苛的盤問即將展開。

他們的腰際配有手槍。槍身反射月光，隱隱散發出光芒。

「像妳這種人，遲早會成為對這個國家不利、加害我們的愚蠢之人。妳該不會是別國的間諜吧？」

這恐怕是名為偵訊的私刑吧。

其實這也不是什麼稀奇的事。上流階級的人本來就會派遣「創世軍」去咒罵擁有反政府思想的人，利用恐懼令對方退縮。

實際上，擁有反政府思想的人容易與他國間諜產生連結這一點並沒有錯。沒有能力反抗的人，會請求他國間諜威脅這個國家的體制，可是這麼做卻反而給了「創世軍」正當理由採取行動。

「只要稍有可疑之舉，就會被當成反叛者處以死刑。妳也想成為其中一人嗎？」

男人露出猥瑣的笑容。

冷汗滑過愛爾娜的背部。

（衣領裡面藏有整理好的清單呢……）

她沒有把筆記放在書包裡，而是在衣服看不見的地方做了口袋，藏在裡面。無論身體被怎麼玩弄，應該也不會被發現才對。

（所以只要稍微忍辱負重就好——）

男人們的眼中，透露出想要欺凌少女的下流慾望。十六歲的愛爾娜，身材已發育得接近成年女性。

可是抵抗並非明智之舉。

只要忍過一時，愛爾娜的間諜嫌疑就會消除。這樣就好。

身為女間諜，她早就對此做好心理準備。只要隨便配合男人們的慾望——

「不、不對，那孩子是無辜的……！」

說話聲從出乎意料的方向傳來。

是愛爾娜原本打算分送麵包的遊民。那名青年的聲音顫抖，用諂媚的眼神向「創世軍」的男人們解釋。

「她只是一個好心捐贈食物給我們的女孩，並沒有要違逆國王的——」

「給我閉上你的臭嘴！」

尼盧法隊的男人給了男性遊民一拳。

毫不猶豫就使用暴力。迅速使出的反手拳擊中臉頰，發出巨大聲響。

「原來如此，這名少女打算掌控垃圾們的心，跟我們作對。妨礙執行公務加上預謀內亂罪。我們要依據治安維持法第四條，行使逮捕權。」

聽了男人這番話，愛爾娜全身倏地發涼。

「好了！你也等著上斷頭台——」

「——你才閉嘴呢。」

她用手肘擊中激動男人的心窩。

敵人共有三人。愛爾娜首先打倒的，是位於中央的光頭男。

出人意表的攻擊似乎讓對方愣住了。他們的行動變得遲緩。

愛爾娜抓住右邊準備掏出手槍的男人的手臂，凹折手肘，搶走他手中的手槍。接著她把男人的身體當成盾牌繞到後方，朝左邊的男人開槍射擊。

愛爾娜趁著對手一片混亂，開口宣示。

「代號『愚人』——屠殺殆……」

「可惡的小女孩啊啊啊！」

光頭男發出怒吼，使出一記前踢。

原以為肘擊已令他昏過去，看來他似乎在千鈞一髮之際減緩了衝擊。

「！」

眼看來不及用槍，愛爾娜只好用手臂接下蹴踢。可是愛爾娜的身體太輕，根本無法防禦經過鍛鍊的男人一擊。

她被大大地踢向後方，後腦勺撞上磚牆。

（不幸……！）

和三名男子進行格鬥戰果然還是太困難了。

若要說有什麼辦法可以突破困境，那就是她的特技，可是那本來就不是那麼方便使用的東西，頂多只能察知事故和悲劇發生的地點。

可是，現在這附近並沒有那樣的方便地點。

（沒有不幸的預兆……！這裡完全沒有——）

她動了動鼻子想要感應，卻完全感應不到。

莫非我的感應能力變弱了？愛爾娜納悶地心想。回頭想想，愛爾娜之前也沒有察覺埋伏自己的尼盧法隊成員們的殺氣。

沒有辦法打破局面。

「妳這個反叛者啊啊啊啊啊啊啊啊啊！」

光頭男朝著那樣的愛爾娜高舉拳頭。

就在愛爾娜擺出架式，準備在最後一刻迴避時。

——一把刀子刺穿男人舉起的右手。

「創世軍」的男人們像是懷疑現實一般發出疑問聲。

不知從哪裡飛來的刀子刺穿男人的手。好像連骨頭也一起貫穿了。

「你這個垃圾怎麼會有這種武器……」

男人錯愕地問。

愛爾娜本來還搞不清楚狀況，不過見到他的後方之後立刻就明白了。

擲出刀子的人，是方才袒護愛爾娜的遊民青年。他的手裡握著一個像是槍的武器，從形狀來看，刀子應該是從那裡射出的。

他怯生生地喘著粗氣，瞪著「創世軍」的男人們。

他的樣子確實看起來不像擁有武器——

「那是本小姐送的禮物啦！」

上空傳來雀躍的說話聲。

愛爾娜驚訝地將視線往上移，結果見到安妮特站在建築的屋頂上。

和愛爾娜不同，她的身高和兩年前幾乎沒有差別。可是雜亂紮起的頭髮卻變得更長且捲曲，頭上的灰色大帽子則令她渾身散發出更加毛骨悚然的詭異氣息。

「是本小姐事先分發的！因為愛爾娜正在做危險的事情！」

她在愕然失語的「創世軍」男人們面前垂放鋼索，沿著鋼索降落下來。

看樣子，她早就預料到會發生這種事了。

所以才會沒有不幸的預兆啊，愛爾娜總算恍然大悟。

此刻她心中產生的，反而是對接下來即將死去的「創世軍」男人們的憐憫之情。

「妳這傢伙是怎樣……」

光頭男按住被刀子貫穿的手，一邊像是對突然現身的安妮特感到困惑般蹙起眉頭。

「妳可知道違抗我們會有什麼下場——」

「下場應該會很慘吧。所以，本小姐想出了一個好點子。」

安妮特高聲鼓掌。

「——不如大家一起做壞事吧！」

那是號令。

像是受到安妮特的催促一樣，人紛紛從巷子各處現身。那些是愛爾娜持續分送麵包的遊民們。不分男女老幼，人數從三人、五人、七人，一直增加到九人。若要說他們有何共通點，那就是他們手裡都握著安妮特分發的、造型如槍一般的武器。

大概是理解狀況了，「創世軍」的男人們發出悲鳴。

四周全被團團包圍，他們已無處可逃。

「好了，請大家一起扣下扳機。要不然，所有人都會被殺死喔？」

安妮特對聚集而來的遊民們笑道。

當中原本有人神情膽怯，但是安妮特的威脅似乎消除了他們心中的猶豫。

「祕密武器『我樂多』——讓這個世界瓦解醒悟吧！」

那樣東西是利用從前在馬紐斯島的海軍基地被開發出來的電磁石製成。體積雖然小如鈕釦電池，威力卻十分強大。安妮特將其安裝在自己所有發明品中。由安妮特透過遙控切換磁力的開關——輔助他人殺人。

這一次，安妮特是將其組裝在能夠發射刀子的特製槍中。

——賦予一般民眾殺人能力的道具。

從遊民們的槍發射出來的刀子，彷彿受到一開始刺中光頭男的刀子所釋出的磁力吸引，紛紛飛過去深深刺入身體。遭到包圍的「創世軍」男人們無處可逃。一旦被刀子刺中，之後第二把、第三把刀子便會在磁力下準確命中。男人們全身插滿利刃，鮮血在小巷內四處飛濺。

那段期間，安妮特什麼也沒做。她就只是默默地旁觀遊民們像在發洩平日的憤懣一般，將刀子插入「創世軍」男人們的身體。

◇◇◇

「…………妳還真是凶殘呢。」

「嗯嗯？愛爾娜，妳在生氣嗎？」

「不，沒關係呢。真要說起來，是愛爾娜太太意呢。抱歉呢……」

儘管度過了難關，隨後襲上心頭的卻是強烈的悔恨感。

——葬送了三名「創世軍」成員的性命。

這是殺人行為。愛爾娜雖然沒有直接動手，這個事實依舊令她感到心痛。儘管對方確實也殺害過無辜的人。

然後，自己已經被「創世軍」盯上的這個事實也逼近眼前。

「已經沒辦法回去住處和學校呢。」

想必會被通緝吧。

當然，既然現場的遊民也參與了殺人行動，他們應該是不會到處聲張才對。

即使如此，接下來也無法過著安穩的生活了。

「……只能改變藏身處，先潛伏一陣子呢。」

「本小姐覺得暫時回國也是可行的辦法！」

安妮特一邊擦拭敵人濺出的鮮血，一邊笑道。

這個提議相當妥當。

既然已經沒有地方可以住，現在的愛爾娜二人就等於是遊民。應該要在「創世軍」進行搜查之前，趕快帶走保管在公寓裡的行李，返回本國。

愛爾娜用力咬住嘴唇，左右搖頭。

「不可以。老師交代的工作還沒完成呢。」

不能拋下任務逃回去。

浮現在她腦海裡的，是那次假期彼此發誓的夜晚。

「愛爾娜不要依賴姊姊們和老師呢。因為大家已經決定好要分散行動，各自盡最大的努力呢。」

「燈火」成立以來的兩年歲月，帶給了愛爾娜很大的變化。

與同伴並肩克服訓練和任務的一年，以及和安妮特一起在異國奮鬥的孤獨的一年。

現在的她，已經不是只能被別人保護的孩子了。

「——愛爾娜二人要自己對抗『創世軍』呢。」

安妮特像在說「我等妳這句話好久了」地露齒而笑。

「本小姐一直在等待可以和愛爾娜單獨完成的事情！」

她天真無邪地露出潔白牙齒，一副興奮期待的模樣。

這是以往不可能會有的組合。愛爾娜和安妮特雖然在日常生活中經常一起行動，可是一到了出任務時，大致都會被安排和其他少女搭檔。

說起來，這是兩人頭一次合作挑戰一件任務。

而且，那還是一件適合作為首次任務的，超高難度任務。

◇◇◇

革命失敗的國家——萊拉特王國。

半年前，萊拉特王國的古拉尼耶中將試圖發起的政變最後以失敗告終。「創世軍」的間諜首領「妮姬」識破從基地送來的報告書中的細微蹊蹺，親自出馬。她讓古拉尼耶中將的心腹部下倒戈，洩漏情報。

古拉尼耶中將在接受審判之後，被判處死刑。他在眾目睽睽之下，被送上斷頭台處死。

如今，民主革命在這個國家依舊被稱為「不可能之事」。

◇◇◇

明知如此，「燈火」依然出動了。

若想掌握在世界的檯面下進行的陰謀——「曉闇計畫」的真相，就只能接近萊拉特王國的首相。但要是隨便接近，就會被「戰無不勝的謀略之神」也就是「妮姬」殺死。必須把與她正面衝突當成最後手段。

——要接近首相，就必須弱化「創世軍」。

——引發連「妮姬」也應付不了的混亂。

克勞斯經過一番苦思，終於做出決定。在他的判斷之下，認為即使要繞遠路，這麼做也是無可避免。所幸已有無數火種四處散落。

他的決定——和從前「火焰」的雙胞胎嘗試過的目標一致。

「——要革命了呢。愛爾娜二人要顛覆萊拉特王國政府。」

「愚人」愛爾娜說出從前「煤煙」盧卡斯也做過的宣言。
兩名少女即將為了推翻一國政府，展開行動。

後記

the room is a specialized institution of mission impossible
last code garakuta

這雖然不是應該出現在第九集後記的內容，還是請各位讓我說說寫第八集時的事情。

我在寫第八集的時候，《間諜教室》的動畫化正如火如荼地進行中。當時正值分鏡陸續完成、設定漸漸成形，許多商品化提案也開始提出的時期。身為原作者，這真是一件幸福的事情。我雖然也有參與監修，不過做出來的成品每個都好到讓我幾乎只有回答「太完美了」，實在非常感謝大家。

另外，後期配音也是從這個時候開始。基本上我都是遠距參加，不過第一次收錄時我有去錄音室拜訪。因為我是人生第一次親眼見到配音員和錄音的過程，所以滿心期待地在現場待命。

關係者：「那麼竹町老師，等配音員來了之後，請跟大家談談每個角色。」

竹町：「咦？」

由於我原本以為只要稍微打個招呼就好，聽到這句話之後整個人都慌了。不過冷靜想想，這也是理所當然。雖然配音員事前都已經得知角色的設定，但畢竟作者都親臨現場了，對方當然會給我機會發言以示尊重。話雖如此，我還是緊張到兩腿發抖。我該說什麼才好？

總之，這次動畫的製作過程，讓我又重新思考「該如何說明，才能讓第三者體會這個角色的魅力？」、「這孩子在故事中的定位是什麼？」這些問題。

經過一番思索之後，第九集誕生了。這是為了整理角色的心情和目的，以迎接系列的後半段戰爭的度假篇。不曉得各位覺得如何？其實另一方面，也是因為第二季的劇情實在太沉重，所以我希望能夠透過這樣的插曲來緩和一下。

以下是感謝的話。首先是願意實現我「從第三季開始改變角色的外觀」這種無理要求的トマリ老師，真的非常感謝您。還有，我非常喜歡您新設計的「火焰」的雙胞胎。這對兄弟真是太帥氣了。

接著是在正值11月下旬的此刻，依然為了製作動畫卯足全力的工作人員們，請讓我再次在第九集的後記向各位表達感謝。每次各位寄來設定和圖畫，我都不禁哀號「比原作者腦中想像的還要有趣」。雖然很不甘心，不過我真的是徹底輸了。

說到這裡，第九集發售的時候，動畫應該也已經開始播映了。不曉得觀眾看了會有什麼反應？我開始覺得緊張了……

當然，原作小說方面也將繼續發展下去。下一次是故事終於要開始轉動的第十集——不過在那之前，短篇集的第四集可能會先問世。因為我還有在Dragon Magazine連載的稿件沒消化完。

竹町

身為VTuber的我因為忘記關台而成了傳說 1~5 待續

Kadokawa Fantastic Novels

作者：七斗七　插畫：塩かずのこ

衝擊的VTuber喜劇，
熱鬧慶祝週年的第五集！

淡雪著手籌備接著即將到來的「三期生一週年紀念」活動，然而……活力充沛的好孩子小光居然因為努力過頭，把喉嚨操壞了？儘管小光說什麼都不願乖乖休息，但在淡雪將「觀眾的心聲」傳遞過去後，她的心境也逐漸起了變化──

各 **NT$200~220/HK$67~73**

半獸人英雄物語 忖度列傳 1~4 待續

Kadokawa Fantastic Novels

作者：理不尽な孫の手　插畫：朝凪

獸人國公主對霸修一見鍾情？
雙方一再順利地進行幽會——

在三公主的婚禮將近的獸人國，五公主希爾薇亞娜對霸修一見鍾情。儘管她敬愛的勇者雷托正是死於霸修之手，她仍積極展開求愛，不料……在愛與和平的使者、精靈族大魔導、魅魔族軍方交相入局操弄權術的局面中，英雄能一舉掃除陰霾嗎！

各 **NT$220~240/HK$73~80**

貞操逆轉世界的處男邊境領主騎士 1 待續

Kadokawa Fantastic Novels

作者：道造　插畫：めろん22

置身於女人為了保護男人而戰的異世界，
最強騎士（男）的貞操即將迎來巨大危機！

法斯特是從現代日本轉生至男女貞操觀念顛倒的異世界，成為那個世界極為少見的男性騎士。就在法斯特陪同第二王女瓦莉耶爾初次上陣時，討伐山賊的簡單任務變成出乎意料的慘劇與試煉……在貞操觀念逆轉的世界貫徹「尊嚴」的男騎士英雄傳記就此展開！

NT$260/HK$87

國家圖書館出版品預行編目資料

間諜教室. 9,「我樂多」安妮特/竹町作；曹茹蘋譯
. -- 初版. -- 臺北市 ：臺灣角川股份有限公司,
2023.10
面； 公分. -- (Kadokawa fantastic novels)
譯自：スパイ教室. 9,《我楽多》のアネット
ISBN 978-626-378-045-3(平裝)

861.57 112013275

Kadokawa
Fantastic
Novels

間諜教室 9
「我樂多」安妮特

（原著名：スパイ教室９《我楽多》のアネット）

2023年10月18日　初版第1刷發行

作　　者：竹町
插　　畫：トマリ
譯　　者：曹茹蘋

發 行 人：岩崎剛人
總 編 輯：蔡佩芬
副總編輯：朱哲成
美術設計：莊捷寧
印　　務：李明修（主任）、張加恩（主任）、張凱棋

發 行 所：台灣角川股份有限公司
地　　址：104台北市中山區松江路223號3樓
電　　話：（02）2515-3000
傳　　真：（02）2515-0033
網　　址：www.kadokawa.com.tw
劃撥帳戶：台灣角川股份有限公司
劃撥帳號：19487412
法律顧問：有澤法律事務所
製　　版：尚騰印刷事業有限公司
ＩＳＢＮ：978-626-378-045-3
